비와
꿈뒤에

雨と夢あとに
AME TO YUME NO ATO NI by YU Miri

Copyright ⓒ 2005 by YU Miri
Original Japanese edition published by Kadokawa Shoten Publishing Co., Ltd.
Korean translation rights arranged with YU Miri
through Japan Foreign-Rights Centre/Imprima Korea Agency.

이 책의 한국어판 저작권은
Japan Foreign-Rights Centre & Imprima Korea Agency를 통한
角川書店 · 柳美里와의 독점계약으로 소담출판사에 있습니다.

비와 꿈뒤에

雨と 夢のあとに

유미리 지음 | 김훈아 옮김

소담출판사

비와 꿈뒤에

펴 낸 날 2007년 11월 20일 초판 1쇄

지 은 이 유미리
옮 긴 이 김훈아
펴 낸 이 이태권
펴 낸 곳 소담출판사
　　　　서울시 성북구 성북동 178-2 (우)136-020
전　 화 745-8566~7 팩　스 747-3238
e-mail sodam@dreamsodam.co.kr
등록번호 제2-42호(1979년 11월 14일)
홈페이지 www.dreamsodam.co.kr

I S B N 978-89-7381-918-8 03830

아메는 벌써 꿈속에 있네
아메는 눈을 감고서도 아빠를 볼 수가 있지
아빠는 눈이 없어도 아메를 볼 수가 있어

남자가 앞으로 나간다. 풀과 꽃과 나무 뿌리와 돌멩이를 밟고 앞으로, 앞으로ㅡ. 날이 새자마자 숙소를 나와 들짐승들이 만들어놓은 길에서 벗어나, 한두 시간은 일본에 남겨둔 딸아이 얼굴이 어른거려, 저녁은 먹었을까, 감기라도 걸린 건 아닐까, 설마 이상한 녀석들한테 끌려가지는 않았겠지, 문단속은 잘하고 있을까, 학교에서 왕따를 당하지는 않겠지, 전철 승강장에서 떨어지면 어떡하나 하는 걱정들을 했지만, 해가 뜨고 누군가 쉼 없이 입김을 뿜어내는 듯한, 습하고 미지근한 공기를 마시고 내뱉고 마시고 내뱉고 하는 사이에 지금 마젤란장수제비나비가 나타난다 해도 전혀 이상할 것 같지 않은 기대와 오늘도 못 보겠지 하는 체념이 서로 얽히고설키어, 등과 팔을 강철로 옭아맨 듯 긴장해 헉, 헉, 헉, 숨을 헐떡이며, 햇살이 겨우 스며드는 울창한 나무 사이를 앞으로 앞으로 나아가자, 미쳐버릴 것 같은 해방감에 몸과 의식 모두가 송두리째 낚아채인 듯 앞으로, 앞으로, 앞으로…….

남자가 섬잣나무 뿌리에 걸려 넘어졌다. 앞길이 보이지 않자, 아침부터 아무것도 먹지도 마시지도 않았다는 사실을 새삼 깨닫고 손목시계를 들여다보았다. 1시 15분. 아직 배가 고프지는 않다. 그래도 물을 마셔두는 것이 좋겠지, 이렇게 땀을 흘렸으니 탈수 증상이 나타날지도 몰라. 소금도 핥아두자. 물만 마시면 미네랄이 부족해 쉽게 지치고 말 테니. 남자는 어깨띠에 고정시켜 둔 튜브로 물을 마시고, 고어텍스의 비옷 주머니에서 은박지로 싼 소금을 꺼내 혀를 댔다.

키이키이키이―, 물까치가 짧고 날카로운 울음을 울었다.

키이키이키이……키이키이키이…….

어딘가에 숨어 있을 물까치가 비명 같은 소리로 서로의 존재를 알리며, 아니, 침입자인 내 존재를 알리며 경계하고 있는지도 모른다.

키이키이키이…….

남자는 야생 호접란으로 눈을 돌렸다.

검은 그림자가 나무 그늘에서 살짝 빠져나와 난에 머문 순간, 번뜩 날개가 빛났다.

마젤란장수제비나비ㅡ.

남자는 니콘 일안 리플렉스 F5 파인더를 들여다보며, 숨을 죽이고 한 발, 한 발, 찰칵, 찰칵, 찰칵, 셔터를 누른다. 소리가 나지 않게 마른침을 삼키고 신중하게 포커스 에어리어를 확인한 뒤, 찰칵, 찰칵, 찰칵······좋아, 아직은 아니야······호접란에 머리를 묻고 꿀을 빨 때······남자는 배낭 옆에서 잠자리채를 뽑았다. 잡을 수 있어, 잡을 수 있어, 잡을 수 있다고······칠흑 같은 앞날개, 황금빛의 뒷날개가 나뭇잎 사이로 비친 햇살을 받자, 인분鱗粉이 어지럽게 반사되며 환상적인 진주 빛이······아름답다······정말 아름답다······호접란을 통째로 낚아 올리듯 잠자리채를 움직인 순간, 남자의 발아래에는 지면이 없었다.

ㅡ정신을 잃었었나? 구덩이, 구나. 4미터 아니 5미터······일어서려다 오른쪽 발목이 경련을 일으켜 비틀, 그만 엉덩방아를 찧었다. 발목을 삐었나? 뼈가 부러졌다면 큰일인걸······.

남자가 손에 쥐고 있던 그물을 들여다보았다.

마젤란장수제비나비다.

잡았다.

아직 살아 있다.

남자는 잠자리채 밖에서 마젤란장수제비나비 가슴을 눌러 숨을 멎게 한 다음, 인분이 떨어지지 않도록 조심조심 꺼내, 삼각형으로 접은 파라핀지에 싸서, 케이스에 살며시 집어넣었다.

이제……남자가 다시 찬찬히 구덩이 벽을 살펴보았다. 혼란스러운 것은 아니다. 오히려 탁한 것들이 가라앉듯 머릿속은 점점 맑아진다. 뭘 떨어뜨리기 위한 구덩이일까? 아니면 자연스럽게 생긴 구덩이? 군데군데 덩굴옻나무가 있지만 타고 올라갈 만큼 튼튼해 보이지는 않고, 바위나 돌덩이가 아닌 흙으로 된 벽이니 발을 딛고 올라갈 수도 없다. 음, 어떻게 한다―. 이 그물하고 내가 가지고 있는 걸로 어떻게 해볼 순 없을까? 뭘 가지고 있었지? 남자는 배낭을 열고 안에 있는 것들을 하나하나 꺼냈다.

카메라 렌즈가 다섯 개, 보디가 세 개, 모터드라이브, 삼각대, 나침반, 사탕에 비상식량인 비스킷과 초콜릿, 빵 그리고 물을 담은 폴리탱크, 지도, 지갑, 수첩, 돌아갈 비행기표. 여권을 떨어뜨리는 바람에 바닥을 보니……뼈들이 산재하다. 두개골이 1, 2, 3……크기와 모양도 다르다……이쪽 건 아직 털이 남아 있고……대륙사슴인가? 뼈와 뼈가 마치 마른 나뭇가지들처럼 포개져……이런 곳에서 죽을 순 없어! 나한테는 아메가

10

있다. 남자는 비옷 속주머니에서 딸의 사진을 꺼냈다. 언제 어디서나 볼 수 있게 지난번 문방구에 가서 코팅을 했다. 만 네 살까지는 카메라를 들이대도 쑥스러워하지 않았는데, 요즘은 얼굴을 돌리거나 고개를 숙이거나 손으로 가린다……이 사진은 어떻게 찍었지?……웃고 있다……나를 보고……아무런 근심 없는 밝은 얼굴로……이렇게 보니, 역시 그녀를 닮았다. 분명히 크면 미인이 될 거야……이미 남자친구 한두 명은 있겠지, 아빠인 내가 모를 뿐…….

"아메" 남자가 사진을 보며 이름을 불렀다.

이름 생각했어

뭔데?

아메

아메?

음, 한자로 하면 우雨

뭐?

아메

출산으로 지쳐 눈동자가 유난히 퀭해 보이는 그녀가 배냇저고리를 입고 잠든 아기 얼굴을 들여다보며 말했다.

아메……

3개월 동안 생각하고 결정한 거야

11

당신이 토모하루(朝晴, 맑은 아침)니까 아메(雨, 비)?

응 햇볕이 쨍쨍 내리쬐는 날이 이어지면 비가 그리워지잖아?
비가 계속되면 우울해서 내일은 맑았으면 좋겠다 하고 바라지

나무도 풀도 꽃도 그렇지 맑은 날만 있어도 비만 계속 와도 자
랄 수가 없지

가을비 단비 봄비 장마 지나가는 비 기다리는 비 어때? 이미
지가 떠오르지?

하지만 눈물 같은 비 찬비 소나기 뇌우 같은 것도 있는걸

당신 이름은 토모하루지만 어디 좀 가려고만 하면 늘 비가 오
잖아 경마장 갈 때마다 비가 오고……

난 경마장에서 진흙 뒤집어쓰고 마지막 제4코스를 돌 때 레인
바깥쪽으로 크게 돌아 골인하는 말이 좋아

후후후후후 난 선두로 달리는 말이 좋은걸 처음부터 선두로
달리다 그대로 골인하면 진흙투성이가 되지 않아도 되잖아 그냥
비만 맞으면 돼 아메 아메 아메

둘이서 마권 참 자주 샀다

대부분 경마장에서 데이트를 했으니까 후후후후후후후

어때 아메

아메라

아메야

좋아 여기저기 물웅덩이가 생기고 비가 파문을 그리는 건 아무리 봐도 질리지가 않는걸 당신이랑 비 오는 날 약속하면 늘 30분은 늦게 오잖아 그리고 꼭 비 오는 날 밖에서 약속을 하게 되고 그래도 난 비옷도 우산도 장화도 다 좋아 아스팔트 위에 기름처럼 튀어 오르는 비도 좋고 언덕을 흘러 내려오는 비도 좋고 쇼윈도를 씻어주는 비도 좋아 마주 오는 사람들이 우산을 살짝 비끼며 지나가는 것도 좋고 당신하고 우산 같이 쓰고 걷는 것도 좋지만 우산도 안 쓰고 빗속을 달려와서는 나 왔어 엄청 젖었는걸 하는 당신 냄새를 맡는 것도 좋아 비 냄새……

그녀는 아기 볼에 코를 바짝 대고 아기의 젖내를 맡았다.

좋아 아메라고 해 아메야 '야'를 붙이니까 이상한걸 아메 네 이름은 아메란다 후후후후후 얘는 이렇게 귓가에 대고 이야기를 하는데 한 번도 눈을 안 뜨네 나 너무 수다스러워? 하지만 멈출 수가 없어 너무 기쁘고 너무 불안해서 아메 아메 별명 같은 건 붙이기 어려운 이름이네 다들 그냥 아메 아메 하고 부를 거야

남자는 카멜(담배 브랜드 중 하나_옮긴이)을 빼서 입에 물고, 탁 소리가 나도록 지포 US NAVY 뚜껑을 올려 불을 붙였다. 깊이 빨자, 위가 뒤틀리듯 아팠지만, 불안한 마음이 조금은 누그러졌다. 이를 어쩐다 하고 생각해봐야 이미 일어난 일. 손목시

계를 보니 6시다. 슬슬 해가 저물 것이다. 해가 지면 잘 수밖에. 우선 자고, 어떻게 할지는 내일 생각하자. 지금은 방법이 없는 것 같아도, 내일은 뭔가 방법을 찾을 수 있을지도 모르고, 누군가 이곳을 지나칠지도 모르지⋯⋯그래, 누군가 지나칠 때를 위해 위에다 뭔가 던져두는 것이 좋겠다, 금방 알아볼 수 있게⋯⋯.

남자가 고개를 들어 위를 올려다보았다. 투둑, 툭, 툭, 나뭇잎들이 일제히 소리를 내고, 커다란 빗방울들이 요란스럽게 떨어졌다. 드디어 오시는군요, 스콜(열대 지방에서 대류에 의해 나타나는 세찬 소나기_옮긴이)이다. 오늘은 정말이지 재수가 없군⋯⋯숨을 제대로 쉴 수 없을 정도로 비가 얼굴을 때려, 입을 벌리지도 눈을 뜰 수도 없다⋯⋯감기 걸려 열이라도 나면⋯⋯나⋯⋯죽을지도 몰라⋯⋯남자는 웃는지 우는지 알 수 없는 얼굴로 고개를 숙였다. 비를 피할 곳도 없다. 빗물이 등줄기를 타고 엉덩이, 허벅지, 종아리로 흘러들어가 트레킹슈즈 안까지 물이 찼다. 잠을 자고 싶어도, 누울 수도 앉을 수도 기댈 수도 없다⋯⋯.

비가 밤의 장막을 쳐 갑자기 사방이 어두워졌다. 남자는 비와 어둠을 견디었다. 참을 수밖에 없었다. 흠뻑 젖은 팔을 누가 흔드는 것 같아 눈을 떠보니, 비는 그쳐 있었다. 한기가 스멀스멀 기어오르고, 관자놀이가 지끈거린다.

때마침 구덩이 바로 위에 있던 보름달이 진흙탕에 서 있는 남자와 두개골을 함께 비춰, 남자는 절망과 죽음의 공포에 사로잡혔다. 진흙탕에 복사뼈까지 잠긴 다리가 떨고 있는 것도 모르고, 남자는 온 힘을 다해 딸의 이름을 불렀다.

아메……아메……아메……아메……아메…….

소녀는 하늘을 올려다보았다. 아—무것도 없다. 달도. 별도. 내일은 비가 올까? 그렇겠지. 장마니까 할 수 없지. 어제는 금방 북두칠성을 찾았는데, 그리고 직녀성인 베가하고 백조성인 데네브, 견우성인 알타이르, 여름철의 큰 삼각형! 후지와라 선생님은 별 이야기만 하면 눈에 별이 뜬다니까. 집에 천체망원경까지 있는 걸 보면 별을 어지간히 좋아하나 봐. 우리 아빠는 같은 하늘이라도 한낮의 하늘을 좋아하는데. 일할 때는 나비만 찍지만, 일이 아닐 때는 하늘만 찍잖아. 난 재미없어, 하늘하고 구름뿐이잖아? 그렇지만 사실은 좋아해, 아빠가 찍은 하늘하고 구름 정말 좋아! 다른 사람들이 찍은 사진하고는 전혀 다르다니까. 뭐라고 하면 좋을까……그러니까, 하늘을 바라볼 때는 무슨 일이 있었을 때가 많잖아……무슨 일이 있었을 때라는 건……그러니까 안 좋은 일이 있었을 때……아니면, 음, 아무 일도 없을 때……아무 일도 없어서, 나도 아무것도 아닌 것처럼 느껴질 때……아빠 사진은 그럴 때의 쓸쓸한 마음이 담겨 있어. 그래서 그냥 사진이 아닌 것 같아, 나만 그런 지도 모르지만……쓸쓸해……쓸쓸해……쓸쓸하다는 말, 정말 싫어!

소녀는 하늘을 바라보았다. 달? 어, 저거 달 맞지? 저렇게 가늘게 생긴 달은 처음 봐……팔 안쪽에 꾹 하고 손톱으로 누른 것 같은……저걸 뭐라고 하더라……초승달의 반대……그러니까, 그러니까……모르겠다, 생각이 안 나……왠지 달 가장자리만 동그랗게 오려낸……물웅덩이 같아……신기하다…….

소녀는 달에서 눈을 떼고 공터를 봤다. 공, 터……빈, 틈……음, 역시 빈틈이라고 하는 게 꼭 맞아. 콘크리트 벽과 담 사이에 끼어 있는 커다란 나무가, 토하려는 남자 등처럼 구부리고 괴로워하고 있다. 벽에다 이마를 대고 커억 컥……울부짖는 소리? 나를 부르는 소리? 항상 부르는 소리가 들려 발을 멈추게 돼. 멈추려고 멈춘 게 아니고, 나도 모르게 그만 서게 된다고, 몸이 나무가 된 것처럼, 이것 봐……하지만……아무것도

17

해줄 수가 없어······여기에 뿌리를 내렸으니까, 여기에서 해방될 수가 없어······【해방】······어제 한자쓰기 시험에 나와서 쓰기는 썼지만 뜻을 몰라 집에 가서 아빠가 쓰는 큰 국어대사전을 찾아봤다. **풀어주어 자유롭게 함, 속박을 풀어 자유롭게 하는 것**이라고 쓰여 있었다. 해방시켜 줄 수가 없어. 하지만 인정한다고 해야 하나? 이해할 수는 있을 것 같다. 세이코나 유키나한테는 이런 이야기 절대로 못해. 둘 다 친구지만, 내 속마음에 대해서는 별로 이야기하고 싶지 않아. 둘이 힘들 때면 무슨 이야기든 들어주고 싶어. 하지만 난 못하겠어. 힘든 이야기를 하면 듣는 사람도 힘들어지잖아? 세이코하고 유키나는 내 진짜 친구이고 정말 소중한 친구인걸. 그런 소중한 사람을 괴롭게 만드는 건 정말 싫어. 하지만, 하지만, 하지만 말이야, 분명히 아빠는 내 마음을 알아줄 거야. 나쁜 일이 있어도 절대로 말안 하고 묻지도 않지만, 그럴 때는 항상 맑은 하늘 사진을 보여주거나 하잖아. 아빠하고는, 아빠랑 딸이란 관계를 떠나 뭔가연결되어 있는 기분이 들어. 이런 말하면 엄청 신 나 할 테니까죽어도 안 하지만 말이야.

이 나무하고는 마음이 통해. 네가 아파하는 걸 알아. 아파하면서도 가지란 가지는 벽과 담 틈에서 하늘로 뻗고 있는 것도알고 있고. 네가 그 고통에서 해방되지는 못해도, 나의 이런 쓸쓸함이 치유되진 않는다 해도, 서로 이해할 수는 있어. 안 돼? 할 수 있다고 생각해, 난. 【치유】도 사전에서 찾아봤지. **병이나 상처를 고치다, 마음의 고민 등을 해소하다.** 【기아】하고 【고민】도 찾아봤다. 요즘은 왠지 사전만 찾는 것 같아. 하지만 너한테 이름을 붙여주고 싶어. 느티나무나 떡갈나무처럼 다른 나무들하고 똑같은 이름은 있겠지만, 그걸로는 안 돼. 내가 사쿠라이 아메란 이름을 가지고 있는 것처럼, 너한테도 이름을 붙여주고 싶어. 기다려, 여름방학이 시작될 때까지의 숙제니까. 국어대사전을 끝까지 보고 나서 정할게. 이미, 몇 개 괜찮다 싶은 한자를 찾아서 공책에 써놨어. 생일에 아빠가 사 준 폼포네트 공책, 거기에는 비밀밖에 안 쓰거든, 그러니까 비, 밀, 이야.

소녀는 나무에게 작별인사를 하고 걷기 시작했다. 걸으면서 하늘을 바라보았다. 달이, 없다. 숨었구나. 내일은 분명 비가 올 거야, 아빠는 비를 엄청 좋아하지만 나는 별로 안 좋아해. 특히 아침에 오는 비는 정말 싫어. 아침에 알람이 울리잖아? 사실은 항상, 이대로 잤으면 좋겠다는 생각을 해. 잠을 자고 싶다는 뜻이 아니라, 아무튼 일어나서 새로 하루를 시작하는 게 싫어……그래도 일어나야 되니까, 아자! 하고 억지로 일어나는 거야. 그런데 비가 오면, 아자! 하고 일어난 마음이 무너지고 만다고. 야! 이런 이름 지은 거 누구야! 비를 싫어하는 아메라니 말이 되냐고……아빠는 저녁에 비가 오면 맨날 똑같은 이야기를 하지. 내 이름의 유래랑, 아빠 이름의 유래하고, 우게츠雨月 이야기…….

'우게츠雨月'란 건 말이다 비 오는 날의 저녁달을 말하는 거야 비가 오면 달이 안 보이지? 보이지는 않지만 없어진 게 아니야 어딘가에 있지 그래서 비 오는 날의 달은 만날 수 없는 연인의 모습을 그리워한다는 뜻이 포함되어 있는 거란다

이미 50번은 들었을걸

몇 번이고 들려주고 싶은 이야기니까

거짓말 이야기한 걸 잊어버린 거 아니야? 나이가 들어서

바보 같은 소리

아빠 몇 살이었더라?

비밀

―머리 위의 구름이 갈라지며 다시 모습을 드러낸 초승달이 얇은 어둠의 막을 몇 겹이나 벗겨냈지만, 편의점 '로손'의 표백된 빛 속으로 피난을 가는 소녀는 알지 못했다. 아빠는 정말! 언제까지 외국에 가 있는 거야! 10일 전에 호텔에서 전화해서는 잘 있냐, 밥은 잘 먹고 다니냐 하고 물으면, 잘 있고 밥도 잘 먹고 다닌다고 대답할 수밖에 없잖아! 여보세요, 아빠! 빨리 와! 안 올 거면 자기 전에 5분이라도 좋으니까 전화하라고!

소녀는 '로손' 자동문 앞에 섰다. 안녕하세요, 어서 오십시오! 파란색과 흰색 줄무늬 유니폼을 입은 점원 앞을 지나……아, 『마거리트』다, 벌써 나왔네, 『라이온 킹』 DVD도 사고 싶다……초콜릿 아이스크림, 니베아크림, 그리고 화장지도 떨어졌다……로얄 스트로베리 케이크, 쇼콜라 파이……불꽃놀이 세트도 벌써 나왔구나……오후의 홍차, 컵라면, 밀크 목캔디……풀장 안에서 물을 차듯 천천히, 천천히 걸어가 안쪽에 있는 도시락 코너에서 발을 멈췄다. 어제는 참치하고 명란젓 삼각김밥, 달걀과 야채 샐러드였다. 메밀국수도 괜찮겠다, 중국식 냉면도 맛있겠다, 하, 지, 만, 오늘은 왠지 따뜻한 게 먹고 싶어. 카레! 하지만 카레 먹은 다음엔 냄새가 남잖아? 아빠랑 함께라면 몰라도 혼자서 카레 냄새 나는 집에서 자는 건 싫어. 무난한 걸로 닭튀김 도시락, 역시 무난한 게 제일이야. 아침에는 어제 산 멜론빵이 있으니까 그거하고 뭐 하지, 푸딩, 그래 푸딩으로 하자.

"도시락은 데워드릴까요?"

"네."

"714엔입니다."

소녀는 메고 있던 빨간 책가방을 카운터에 올려놓고 아기 곰 푸가 그려진 동전지갑을 꺼내 8분의 1로 접어둔 1,000엔짜리 지폐를 펴서 점원에게 내밀었다.

"1,000엔 받았습니다. 거스름돈 286엔입니다. 감사합니다."

소녀는 잔돈을 받으며 곁눈으로 밖을 보았다. 캄캄하다. 지금부터 돌아가야 하는 집도 이 어둠 속에 있다 생각하니 밖으로 나가기가 두려웠지만, 언제까지고 피난해 있을 수도 없어 천천히, 천천히 자동문을 빠져나왔다. 감사합니다, 또 오세요.

소녀는 갈색 벽돌로 된 아파트 현관에 들어섰다. 무릎을 굽히고 우체통을 들여다보았지만, 안에는 DM하고 성인용 핑크 광고지뿐이었다. 전화하기 힘들면 엽서라도 보내지, 지난번 페루에 갔을 때는 잉카유적 엽서를 보냈고, 보르네오에서는 세 장이나 보냈으면서, 이번엔 너무한 거 아니야, 너무해 아빠. 소녀는 우체통에 가는 손목을 집어넣고 DM을 집어내 꼬깃꼬깃 구겨 휴지통에 던졌다.

목에 걸고 있던 열쇠를 열쇠구멍에 넣고 205호 현관문을 열었다. 깜깜했다. 문이 닫히지 않도록 복도에 몸을 남기고 불을 켰다.

책가방을 내려놓고 식탁 위에 닭튀김 도시락을 올려놓은 다음, 냉장고에서 이온음료 TAKARA 페트병을 꺼내 컵에 따랐다. 나무젓가락을 갈라 닭튀김을 입에 넣으면서 벽에 장식된

나비와 나방 표본을 보았다. 모든 표본들이 가슴에 꽂힌 핀에서 벗어나려고 몸을 뒤트는 것처럼 보여, 소녀는 몇 번이나 눈을 깜빡였다. 거봐, 역시 눈이 착각을 일으킨 거잖아. 하지만 오늘은 다른 때보다도 더 징그러워. 제일 싫은 건 몸통이 뚱뚱하고 눈이 동그란 버드나무얼굴가지나방! 까만 시침바늘 같은 눈으로 이쪽을 빤히 쳐다보는 것 같아. 아빤 나비하고 나방을 구별하지 않나 본데, 구별 좀 해달라고요, 난 나방은 싫어. 하지만 작년 6월에 비하면 훨씬 나은 건지도 모르지. 글쎄 아빠가 엄청 신이 난 얼굴로 종이상자를 안고 왔길래 보니, 참나무산누에나방 유충이 스무 마리! 한밤중에 너도밤나무 잎을 갉아먹는 소리가 나는 거야, 사각 사각 사각 하고. 아빠는 식욕이 대단한걸 하고 웃었지만, 저렇게 튼튼한 입이면 종이상자도 갉아먹을 거 아니야? 자고 있을 때 이불 속으로 들어올까 봐, 그건 정말 수면방해였다고요.

소녀는 자기 방의 불을 켜고, 좋아하는 소품들을 하나하나 손바닥에 올려놓았다. 아빠가 사준 이 골무는 정말 히트였어, 이 나비 날개 색……깊―은 숲속의, 깊―은 호수 같은 색…… 볼 때마다 황홀해. 졸린 눈을 하고 있는 검은 고양이도 귀엽지만, 만약 이 낙숫물 같은 색깔의 병이 깨지거나 금이 가면 분명히 울 거야. 아빠 선물은 모두 센스가 있어. 소녀는 하나하나 손에 들고 온기를 전하듯 감싼 다음, 다시 제자리에 놓고 코르크보드에 장식된 여러 나라의 동전과 지폐를 바라보다, 타이완의 100원짜리 지폐에 그려진 쑨원 얼굴을 바라보았다.

왜 타이완에 많은데?

타이완에는 나비계곡이 열 군데 이상 있단다

나비계곡?

호랑나비나 네발나비가 계곡에서 어지럽게 춤을 추는데 정말 장관이지. 타이동공항에서 비행기로 30분만 가면 '란위 섬'이라는 둘레 46킬로미터밖에 안 되는 작은 섬이 있단다 타타라라고 하는 작은 배를 타고 쿠로시오로 모여드는 근해어를 잡아 생활하는 야미족이란 선주민은 정말 멋지지 빨간머리바위 옥녀바위 군함바위 용머리바위 쌍둥이사자바위 코끼리코바위란 이름의 기암과 파도 침식으로 생긴 동굴 안에 교회가 있기도 한 정말 신비한 섬인데 무엇보다 신비로운 건 이 섬에 분포하는 마젤란장수제비나비란다 아빠도 아직 본 적이 없지만 진주 빛의 환상적인 빛을 낸다는구나

그게 뭔데?

나비 날개에는 인분이란 가루가 붙어 있는데 그 날개 표면에서 빛이 이렇게 많이야 인분에 어지럽게 반사되는 거란다 반짝반짝 하고 정말이지 아름다운 진주 빛깔이 반짝인대

소녀는 책상 서랍을 열고 수첩과 24색 크레파스와 머리핀과 손거울 밑에 숨겨둔 사진 한 장을 꺼냈다. 아빠는 아마 모를 거야……나도 우연히 발견했으니까……『아시아 나비생활사 도감』이란 책 안에 꽂혀 있었어……옛—날에 꽂아놓고는 잊어버린 것 같아. 보고 금방 알았어. 너무 닮았으니까……닮았다기보다, 똑같아……아, 몇 년 지나면 이런 얼굴이 되겠구나 하는 생각이 들었는걸……아빠가 찍었을까? 햇빛이 비치는 곳이어서 눈도 머리카락도 갈색으로 빛나고……웃음이 나는 걸 참는 것처럼 입가에 힘을 주고 있어……나하고 같은 곱슬머리에 똑같이 귀 끝이 조금 뾰족하고, 이마가 넓고 수염처럼 눈썹이 짙어…….

알고 싶었던 때는 있었지만, 물어보고 싶었던 적은 한 번도 없었어. 언젠가 아빠가 아무렇지도 않은 듯 이야기해준다면, 나도 아무렇지도 않게 들을 수 있을지 몰라. 하지만 역시 아빠한테는 듣고 싶지 않을지도 모르겠어……나 알고 있거든, 그 사람 이름……그것도 그냥 우연인데, 학교 연락장에 도장이 필요해서 아빠 서랍을 열어봤는데 안쪽에 작은 나무상자하고 모자母子수첩이 있었어. 나무상자에는 탯줄이라고 하나? 그게 들어 있었고 모자수첩에는 그 사람 이름이 써 있었어. 츠키에月江. 비가 올 때마다 아빠가 들려주는 우게츠雨月 이야기, 그

25

건 아마 츠키에란 여자 이야기겠지. 군이 내가 편을 들지 않아도 우리 아빠는 꽤 멋진 편인데, 주변에 여자가 없는 건 츠키에란 여자 때문? 아직도 좋아하나? 미련이란 거? 사전에서 찾아보니까, 마음이 남아 있는 것, 생각을 끊을 수 없는 거라나. 하지만 10년도 전에 헤어진 부인을 보통사람들은 계속 좋아할까? 뭐, 우리 아빠가 보통인 건 아니지만. 아마 그 여자가 집을 나가버렸기 때문일지도 몰라……미련이 남은 건…….

작년 여름방학 때 아빠하고 미야자키현 자오란 데 갔다가 3년 만에 센다이에 사는 요코 고모 집에 들렀는데, 아빠가 담배 사러 나간 사이에 내가 묻지도 않았는데 가르쳐줬어. 고모는 수다쟁이거든. **아메 엄마는 맏이다, 네 두 돌 되는 생일날 아침에 없어졌어**……뭐, 충격을 받거나 하진 않았어, 흠─그렇구나 하는 정도. 그 사람을 원망하거나 미워한 적 한 번도 없어. 그렇잖아, 전혀 모르니까. 알지도 못하는 사람을 원망하거나 미워하지 못하잖아. 그냥 그 이야기를 듣고 너무 무서웠어……언젠가 아빠가……어느 날 갑자기……날 버려두고 없어지는 건 아닌가 하고…….

불안이 소녀의 목 언저리를 누르고, 아빠의 부재가 침묵과 함께 엄습해왔다. 소녀는 유리창 너머의 어둠을 바라보았다. 베란다가 넓은 편인데도, 가로수의 무성한 포플러 잎 때문에

26

거리의 불빛이 거의 비치지 않았다. 깜깜하다. 커튼을 치자. 베란다 문을 잠그긴 했지만, 커튼이 사악 하고 너풀거리면 어떡하지? 소녀의 머릿속에는 유키나한테 빌린 『잠들지 못한 밤의 이야기』에 나오는, 온갖 구박을 당하다 돌멩이에 맞아 죽은 검은 고양이가 일가족을 저주해 결국 자살로 몰고 가는 장면이 떠올랐다. 베란다에 검은 고양이가 있어 유리창을 삭삭 갉아먹는다면 엄청 무섭겠지. 여자가 서 있으면 더 무서울 거야. 그래도 커튼을 치자. 소녀는 집 안의 커튼들을 모두 치고, 모든 불을 껐다. 그래도 여전히 무서워……노래를 부르자……밝고 재미있는 노래가 좋아……음—, 뭐지, 뭐지, 뭐지……**걸어가자 걸어나가자 나는 씩씩해 걷는 것이 너무 좋아 더 가자 언덕을 지나 터널 초원 외나무다리에 울퉁불퉁 자갈길**……안 되겠다, 내 목소리가 무서워, 아빠 무서워……누구랑 이야기하고 싶어……세이코……유키나……몇 시지? 벌써 11시다……괜찮을까……문자 보내자.

아직 안 자니? (-.-)zzZ 세이코 생일파티 엄청 기대된다(^O^) 선물은 뭘로 할까? 같이 사러 안 갈래? 언제가 좋은지 알려줘—☆

소녀는 꼼짝 않고 핸드폰 화면을 바라보며, 분홍색 피그렛이 숲속 동굴에 편지를 보내는 것을 초조하게 기다렸다. 1분……2분……5분……10분……어떻게 된 거니, 다른 때 같으면 바로 답장이 왔을 텐데……목욕하나? 아님 자나? 어—이! 유키나! 문자 보내! 야—! 야—!

—비? 비다. 소녀의 심장이 몇 번 뛰다, 쿵쿵 세차게 뒤흔들렸다. 오늘은 목욕 패스, 이 닦는 것도 패스……잠옷으로 갈아입은 소녀는 며칠째 깔려 있는 이불 속으로 들어갔다. 눈을 감고 방 안에 흩뿌려진 빗소리를 듣는 사이에 갑자기 공포가 강철처럼 온몸을 짓눌렀다. 소녀는 흠씬 젖은 참새처럼 온몸을 떨었다. 누구라도 상관없으니까 곁에 있어줘! 아무도 없다면 이대로 죽어버렸으면 좋겠어! 소녀는 집게손가락으로 양쪽 귀를 막았다. 귓속 깊은 곳에서 웅— 하는 바람 소리가 솟아올라와 무서워 그만 손가락을 뗐다. 하지만 죽은 다음에도 살아 있을 때랑 마찬가지로 무섭고 외로우면 어떡하지? 소녀는 다리미질을 하는 것처럼 손바닥에 힘을 주어 얼굴에 번진 눈물을 닦고, 아빠의 커다란 베개를 끌어안았다……무서워……외로워……아빠…….

소녀는 눈을 깜박였다. 미키와 도널드의 핸드폰 줄을 만지작거리며 후 하고 크게 한숨을 쉰 뒤, 아빠가 뱉은 담배 연기처럼 얼굴 주위를 감도는 졸음을 들이마셨다. 아아, 빗소리는 새가 날갯짓하는 소리랑 비슷하구나 하는 생각을 하는 순간, 머리가 풍선처럼 가벼워지고 온몸의 힘이 쭉 빠졌다……둠, 둠, 둠……콘트라베이스? 아빠가 왔다……포레의 『꿈 뒤에』다……떨어진다……점점 떨어진다……구덩이 속으로……흰 새의 날개가 되어 빙글 빙글……빙글 빙글 빙글……누가 손바닥으로 나를 받았다……손바닥에서 몸을 내밀고 아래를 보니……뼈……무슨 뼈지? 복사뼈까지 물에 잠긴 트레킹슈즈……아빠 거랑 비슷하네……아니, 아빠 거다……웅덩이에는 가만히 가라앉은 달이 흔들리고…….

공작실 안이 쥐 죽은 듯 조용했다. 소녀가 조각칼로 목판을
파는 소리만이 울린다. 쇽 쇽 쇽 쇽 쇽 쇽 소녀는 손을 멈추고
벽 쪽 선반에 진열된 작품들을 둘러보았다. 미하루가 만든 종
이찰흙 꽃병, 마당의 수세미를 스케치한 료코의 작품, 모자이
크 나무상자는 테루키가 만들었다. 이 어린이집은 공작실에서
조각칼이나 커터, 톱, 망치, 못도 자유롭게 쓸 수가 있다. 새싹
어린이집―, 두 살 때부터 같은 건물에 있는 해바라기보육원
에 맡겨진 나는 선생님인 옷치나 시모텐보다도 오래돼서, 마
치 내가 주인 같다. 주인이라면 「나라나시토리」 이야기가 생
각나. 병든 어머니가 배를 먹고 싶다고 해서 늪으로 찾아 나선

아들을 늪의 주인인 큰 뱀이 삼켜버렸다는 도호쿠東北 지방의 옛날이야기. 정말 무서워……**그 그림자가 물에 비치면 물이 흐물흐물 흔들리더니 찾았다 찾았다 오늘 그 아이를 찾았다**…… 아, 무서워! 그래도 사실은 좋아해. 무섭고 슬픈 건 싫지만, 무섭고 슬픈 이야기는 좋아. 두 사람은 오래오래 행복하게 살았답니다, 정말 잘됐지요, 하고 끝나면, 거짓말, 그런 생각이 들어, 그래 거짓말이잖아. 옛날이야기니까 괜찮다는 거야? 나는 싫어. 옛날이야기니까 싫어. 기껏 끝까지 읽었는데 '옛날 옛날'에서 '지금'으로 뻥 하고 밀어내는 건 너무하는 거 아니야?

아빠가 돌아오면 같이 토요초에 있는 분쿄당에 가서 옛날이야기 책 잔뜩 사가지고 와야지, 전 10권으로 된 거, 꽤 비쌀걸. 그래도 열흘이나 연락도 안 줬으니까 그 정도는 해야지. 주니어용은 잔혹한 내용을 모두 생략해버렸으니까, 어른들이 보는 책이 좋겠다. 모르는 한자가 있으면 아빠 한자사전을 찾아보면 되니까. 난 할머니가 불치병으로 죽는다거나, 할아버지가 대들보가 된다든지, 새색시가 학이나 뱀, 설녀雪女가 돼서 사라지거나 하는 어두운 이야기가 왠지 좋거든. 마음이 차분해져. 어두운 구덩이 속으로 숨어 들어가는 기분이랄까, 음―, 습하고 곰팡이 냄새가 나는 붙박이장 속에서 몸을 웅크리고 자는 것처럼?

그래서 책은 절대로 아무도 없는 데서 읽어야 돼. 학교 도서실 제일 안쪽 책꽂이에는 재미없는 책만 있어서 늘 아무도 없거든. 거기 있는 발판이 내 비밀 특등석이야. 책을 읽고 있는 모습은 아무한테도 보이고 싶지 않아, 특히 좋아하는 사람한테, 호쿠토 군이나……우와, 부끄러워! 두루미아내는 베를 짜지만 난 독서를 하지……하지만 「두루미아내」 끝은 슬픈데. 너무 많이 읽어서 다 외워버렸어.

"저는 당신이 구해주신 두루미입니다. 당신이 좀 더 편하게 사시도록 이렇게 얼마 남지 않은 깃털로 베를 짜고 있었는데, 당신이 보고 말았으니 이제는 그것도 할 수가 없게 되었군요.' 이렇게 말하더니 아내는 순식간에 두루미로 변했다. 그리고 남아 있는 깃을 움직여 날아오르더니 훨훨 먼 하늘 저편으로 사라졌다. 저녁노을 속에 짜다 만 옷감만이 남아 있었다고 한다." 하지만 나라면 절대로 들여다보지 않았을 거야. 들여다보면 두루미로 변해 날아가버린다는 걸 몰라도, 약속이니까. 좋아하는 사람하고 한 약속은 절대적이잖아? '손가락 걸고 약속해, 거짓말하면 바늘 천 개 먹기' 하고 약속하잖아?

핸드폰에서 나카시마 미카의 『Love Addict』이 울린다. 유키나한테 온 문자다. 세이코한테 오면 오오츠카 아이의 『버찌』, 호쿠토한테서 오면 ELT의 『NECESSARY』, 아빠면 포레의 『꿈 뒤에』, 그 외 다른 사람들이면 SMAP의 『세상에 단 한 송이뿐인 꽃』이 울리게 되어 있다. 나한테 네 사람 이외에는, 그 외 다른 사람이다.

피그렛이 우편배달부처럼 티거와 푸, 그리고 이요에게 인사를 하면서 숲속 움막에 흰 봉투를 던지고 빙글 도는 것을 확인하고, 소녀는 핸드폰 문자를 확인했다.

아메—, 지금 어디 있니?

답장을 쓴다.

공작실이야(^_^)V

문자 전송 버튼을 누른다. 아기곰 푸가 숲속에서 화살을 쏜 지 1분도 안 돼서 『Love Addict』가 울렸다.

지금 그쪽으로 갈게!(^^)!

어제 저녁에 문자를 보내고 답장을 받은 건 2교시 수학 시간이었다. 책상 속에서 진동이 울려, 후지와라 선생님이 칠판에

정육면체 면적 구하는 공식을 쓰는 사이에 꺼내 보았다.

　　좋아! 나는 다음 주 금요일이면 OK☆ 지난번에 니혼
　　바시 나르비야에서 짱 귀여운 핸드폰 줄을 봤는데 거
　　기 가볼래? (^O^) 실은 내가 갖고 싶은 건지도(?_?)

　오른손에 연필을 쥐고 가로×세로×높이 하는 공식을 공책
에 적으면서, 왼손을 무릎에 올려놓고 문자를 누르는 고난이
도 기술을 발휘했다.

　　와—좋아!(^^)! 나도 가보고 싶었어(*^_^*) 용돈 더
　　올려달라고 해야 될 것 같지? 그럼 금요일에 학교 끝
　　나고 만나자♪ 엄청 기대된다. 그럼 그때 봐~(^_^)/ ˜

　저녁에 무서워서 혼자 운 건 비밀……이미 지난 일이고……
만약 오늘밤에도 어제처럼 운다고 해도……유키나한테 문자
를 보내거나 하진 않을 거야……세이코한테도……아무한테
도……소녀는 조각칼을 케이스에 넣고, 나무로 깎은 소년인형
을 손바닥에 올려놓았다. 무릎을 안고 있는 모습으로, 동그랗
게 된 양팔 안쪽을 파냈다. 연필꽂이로 쓸 건데, 모델은 호쿠토

다. 머리는 요즘은 보기 드문 까까머리, 옷은 슈퍼마켓 이토요 카도에서 산 것 같은 폴로셔츠에 스톤워시한 청바지, 여기에 은 테안경을 씌우면 정말 위험해, 그대로니까. 내일 펜치로 철사 를 잘라서 안경을 만들어야지! 그리고 천 조각으로 덧신을 만 들어 본드로 발에 붙이고 고무판에다 6학년 3반 하야카와 호쿠 토라고 쓰는 거야! 캭! 하지만 노 프로블럼이에요. 여기 어린이 집에는 우리학교에 다니는 애들은 아무도 없으니까. 그런데 말 이야, 이 인형 어딘가 나랑 닮은 거 같지 않아? 왠지 어둡단 말 이야, 사쿠라이 아메 씨, 어두워요. 옷치가 보더니 아메, 로댕 같다, 하고 칭찬해줬지만, 옷치는 날 불쌍한 애라고 생각해서 위로하고 격려하기 위해 칭찬거리를 찾고 있는 거라고. 직원실 에 아무도 없을 때, 옷치 책상 서랍에서 교무수첩을 봤는걸.

〈편부가정. 아버지는 곤충사진가로 촬영 때문에 집을 비우 는 일이 많음. 두 살 때 어머니가 실종. 아직 이혼하지 않음〉

그래서 불쌍한 거야? 어디가 불쌍한데? 난 내가 불쌍하다고 생각한 적도 없고, 누가 불쌍하다고 생각하는 것도 싫어. 강도 가 휘두른 칼에 부모가 죽고 혼자 남은 아이도 불쌍하지 않고, 가난한 나라의 가난한 집에 태어나 굶어 죽은 아이도 불쌍하 지 않아.

나는 차에 치여 거의 죽게 된 고양이를 보고 징그럽다고 그냥 가는 사람보다, 불쌍하다고 하고선 그냥 지나치는 사람이 더 용서가 안 돼. 그렇잖아, 관여하지 않을 거잖아? 안고 동물 병원에 가서 살 가망성이 있으면 치료해주고 건강해질 때까지 보살피든지, 도저히 살 수 없을 것 같으면 안락사 주사를 맞혀 무덤을 만들어주든지……, 어느 쪽도 아니면 그냥 조용히 지나갈 수밖에. 모든 일에 멈춰 설 수는 없는 거고, 모든 일에 관여할 수는 없는 거니까. 하지만 그건 정말이지 힘들고 슬픈 일이야. 불쌍하다면서 착한 척하는 사람이 제일 나빠! 그렇지, 아빠, 아빠가 그랬지? 불쌍하다고 하는 말에는 그 대상에 관여할 각오도 의사도 느낄 수가 없다고……전부 아빠 영향이다…… 세뇌당했다고는 생각하지 않지만, 아마도 영향과 세뇌의 중간 정도가 아닐까……아빠는 괜찮나……만약에 오늘밤에도 연락이 안 오면 전화해봐야지……란위 호텔이었나?……외국 전화번호도 114에서 가르쳐줄까……아니면 어떻게 알아보지……책방에 가서 여행책자를 찾아보면 알 수 있을까……호텔 직원은 무슨 말을 쓸까……타이완어? 영어? 다 못하는데 어떡하지……역시 누구 어른한테 의논하는 게 좋을까……어른들은 뭐든지 법석을 떨어서……혼자서 아무 말도 안 하고 알아봐주는 사람 없을까……없지…….

계단 밑에서 웃음 소리가 들려 소녀는 자기가 1년 전에 만든 종이 집 뒤에 목각인형을 감추었다. 사쿠라이 아메 학생은 어째서 종이 집을 만들었을까요? 이건 밖에서는 안 보여도 지붕을 치우면 방이 네 칸 있어서⋯⋯아빠하고 엄마 방, 내 방, 남동생 방, 여동생 방⋯⋯거실에는 벽난로가 있어. 벽난로 있는 집에 사는 게 꿈이거든⋯⋯추운 겨울밤에는 모두가 난롯가에 모여 불빛을 바라보며 그날 있었던 일을 이야기하는 거야⋯⋯ 소녀의 한숨에 빨간 크레파스로 칠한 지붕이 떨렸다.

"뭐하니?"

소녀가 뒤를 돌아 유키나와 세이코 얼굴을 보았다.

"응? 그냥. 너희들이야말로 뭐한 거야?"

"체육관에서 농구했어. 휴, 땀을 너무 흘려서 옷 안 갈아입으면 냄새가 끝내줄지도 몰라. 세이코는 꺽다리 테루키를 저쪽편에 놓고도 혼자서 마구 득점을 올렸다니까." 하는 유키나.

"으악, 정말 어지간히 할걸. 팬티까지 흠뻑 젖었어." 하는 세이코.

"⋯⋯어쩐지 어두운걸?" 유키나가 탐색하는 얼굴로 말했다.

"⋯⋯그냥."

"아빠 아직도 안 오셨구나⋯⋯."

"쉿, 이야."

"우리가 비밀 누설한 적 있어?"

"없어."

"근데, 쉿, 이 뭐야?"

"아, 미안 미안."

"밥 같은 건 어떻게 하고 있는데?"

"근처에 '로손'도 있고."

"매일?"

"응, 매일. 텔레비전에서 '당신의 로손' 하면, '저요?' 하는 느낌이라니까."

유키나와 세이코는 대답 대신 서로 얼굴을 보며 한숨을 쉬었다.

"이번 일요일에 유키 짱하고 둘이서 카레라이스 만들러 갈게. 큰 냄비에 만들어두면 4, 5일은 먹을 수 있을 거야."

"넵! 난 샐러드 담당. 레퍼토리가 꽤 되거든. 계란 샐러드, 감자 샐러드, 토마토 샐러드, 참치 샐러드……."

소녀는 유키나가 참깨드레싱 만드는 법을 빠른 말로 설명하는 것을 들으면서, 머릿속으로 글짓기를 하고 있었다.

세이코와 유키나는 내 친구입니다. 두 사람 외에 다른 친구는 없어요. 하지만 두 사람은 내가 혼자일 때도 늘 함께 있으니까 나보다 더 친한 것 같습니다. 두 사람은 키바초등학교 6학년 1반이고, 같은 농구클럽이고, 방송반이기도 합니다. 두 사람은 유키 짱, 세이 짱하고 서로 별명을 부르지만, 저한테는 별명이 없습니다. 그냥 '아메'라고 부르지요. 두 사람하고 같이 있으면, 혼자 있을 때보다 더 혼자라는 느낌이 듭니다. 나 혼자서 두 사람을 생각할 때가 더 함께 있다는 생각이 듭니다.

소녀는 어린이집을 조퇴하고, 다른 때보다 한 시간 일찍 집으로 향했다. 할머니가 상경하신다는 이야기는 물론 거짓말이다. 아빠의 아버지와 어머니는 아빠가 초등학생이었을 때 교통사고로 돌아가신 모양이고, 처쪽은 친척이 있는지 없는지도 모르니까……친척이라고는 아빠하고 나이 차이 나는 요코 고모뿐이지만, 너무 멀어서, 몇 년에 한 번 도호쿠에 놀러갈 때 들르는 정도의 관계니까.

특별히 하고 싶은 게 있었던 건 아니다. 그냥 깜깜한 밤길을 걸어 혼자 집에 돌아가는 게 싫었을 뿐……슬슬 한계인지도……혼자 지내는 거……하지만 이 시간에 걷는 건 좋아. 아침에는 모두가 지쳐서 엄청 우울한 얼굴들을 하고 있지만, 저녁 무렵엔 다들 기운이 있어 보이잖아? 그리고 해질녘이면 모든 게 가만히 숨어 기다리고 있는 것 같은 기분이 들어……모든 거? 이런 거 저런 거 다지……내 안의 것도, 내 밖의 것도……다……해가 사라질 무렵 집이나 아파트나 전신주나 자동차에 길게 드리워진 그림자를 밟으면서 걷다 보면, 꼭 그 사람을 떠올리게 돼…… 이건 아빠한테도 이야기한 적 없고, 세이코나 유키나한테도, 퐁포네트 비밀 공책에도 안 썼으니까, 진짜 비밀.

내 얼굴 바로 위에 얼굴이 있어……나랑 똑같은 풍뎅이 다리같이 까맣고 굵은 속눈썹을 몇 번이고 깜박인 다음에, 숨이 찬 것 같은 허스키한 목소리로 '아메' 하고 불러……나는 '엄마' 하고 대답을 하려고 하지만 아무리해도 아, 아 하는 소리밖에 안 나……그래도 이름을 불러주니까 기뻐서 소리를 내 웃는 거야……그게 기억의 전부인데, 항상 가슴이 심하게 두근거리고 욱신욱신 아파, 순간 머릿속이 멍해지고 말아……너무 멍해지니까 이러다 죽는 거 아닌가 싶을 정도로…….

소녀는 다리 위에서 걸음을 멈췄다. 강바닥에 자전거가 있다……고장 나서 버린 건지, 세워놓은 걸 누가 일부러 밀어버린 건지, 훔친 다음에 귀찮아서 버린 건지……저녁 햇살에 반짝이는 바퀴를 보고 있자니, 노을이 부드럽게 얼굴을 어루만져, 소녀는 다리 난간에 양팔을 올려놓고 얼굴을 기댔다. 눈을 감지는 않았지만, 소녀의 눈빛은 그 눈 속에 자리 잡고 있다. 소녀는 자기가 자기 안에서 빠져나가는 것을 느꼈다. 점점 작아져……구덩이 속으로……빙글 빙글 빙글……기억이 안 나……마유하고 절교한 다음에 아빠 지포라이터로 그동안 함께 쓴 교환일기장에 불을 붙였을 때, 일기장이 불꽃과 연기가 됐던 것처럼, 기억 속에서 뒤틀리고……뒷걸음치고…….

갑자기 『꿈 뒤에』가 들렸다. 소녀는 정신을 차리고 핸드폰을 꺼냈다. 이젠 울리지 않는다. 착신 기록에도 자동응답 기능에도 아무런 기록이 없다. 잘못 들었나? 아니, 울렸어……미—라—시—도—시라도시라라—솔시레시—라솔라—솔라파미—파솔파솔라미……거봐, 아직도 귓가에 남아 있는데, 분명히 울렸어. 소녀는 불안한 마음을 어쩔 줄 몰라 하늘을 올려다보았다. 목에 힘줄이 서서 아플 정도로 턱을 하늘로 뻗어……박쥐? 아니, 아니야, 새 같은데……까마귀라고 하기에는 너무 작고……비둘기……비둘기다……누군가가 발로 쫓은 듯이 어지럽게 날고 있다……비둘기들은 신사나 공원에서 한꺼번에 날아오르거나 내려앉는데……도대체 어떻게 된 거지……소녀는 하늘을 보고 입을 벌린 채 중얼거렸다……**저녁노을 속에 짜다 만 옷감만이 남아 있었다고 한다**…….

센세키 2동 모퉁이를 돌아 메종드로아 아파트를 향해 걸을 즈음, 충혈된 것 같은 빛깔의 하늘에, 핑크빛으로 부풀어 오른 구름은 뭔가를 낳을 것처럼 괴로워 보인다.

엘리베이터 문이 열렸다. 2층에서 내리자 콘트라베이스 소리가 울렸다. 어? 아빠? 아니야, 기대하면 안 돼, 만약에 아니면 울고 말 테니까……소녀는 걷기가 힘들 정도로 천천히, 천천

히……201……202……203……204호 앞을 지나 205호 앞
에서 멈춰 섰다. 역시 우리 집이다. 소녀는 목에 걸고 있던 열
쇠를 꼭 쥐었다. 아빠가 좋아하는 『꿈 뒤에』란 곡이다.

소녀는 떨리는 손으로 열쇠를 돌려 문을 열었다.

"다녀왔습니다." 눈물로 목이 메었다.

소녀는 현관 매트에 앉아 분홍색 컨버스 운동화 끈을 풀면
서 아빠 신발을 보았다. 진흙으로 더러워진 트레킹슈즈……물
이 새고 있다……비? 비 같은 거 안 오는데……타이완에는 스
콜이 왔었는지도……하지만 아직도 안 말랐어? 타이완에서
여기까지 몇 시간이나 걸리지? 됐어, 그런 건 아무래도 상관없
어, 아빠! 사실은 품속으로 뛰어들어, 왜 전화도 안 한 거야! 하
고 가슴이랑 등이랑 마구 두들겨주고, 머리카락도 마구 흩트
려놓고 싶지만, 어떻게 된 거지? 다녀왔습니다 하고 말했는데
도 다녀왔냐는 말도 안 하고 콘트라베이스만 켜고 있으니……
무슨 일 있었나? 소녀는 일어나 거실에서 들려오는 『꿈 뒤에』
에 귀를 기울였다. 이 곡은 제목을 몰라도 『꿈 뒤에』라고 알 수
있을 거 같지? 첫 부분의 띠―라―루―라―루루라루루랄―
라―라로 마법에 걸린 것처럼 머릿속이 자욱해지고 몸이 무거
워지는걸. 하지만 어떤 꿈 뒤에지? 나쁜 꿈은 아닌 거 같아. 보
고 싶은데 볼 수 없는 사람을 꿈에서 만나 너무나 행복했는데

잠에서 깨어 꿈이라는 걸 알고 실망했을 때의 느낌? 이 곡을 연주할 때의 아빠는 왠지 그 사람을 생각하는 것 같은 얼굴을 하고 있어서 싫어……그 사람……나를 낳고 버리고 간 사람…….

　더할 나위 없이 낮은 선율이 가슴속에서 울려, 소녀 스스로의 떨림과 함께 기대처럼 불안처럼 기쁨처럼 슬픔처럼 부풀어 갔다. 몇 년 전에 아빠가 켜고 있던 콘트라베이스를 만져보게 한 적이 있다. 그전까지는 활로 현을 진동시켜 소리를 낸다고만 생각했었는데, 콘트라베이스 몸통에 손을 대보니 온몸을 떨고 있었다. 머리 꼭대기 스크롤에서 엔드핀까지 부들부들……떨림이 마룻바닥에서 내 발바닥으로 전해져 어쩌면 내가 떨고 있는 건지도 모른다는 생각이 들 정도로……초등학교 2학년 겨울방학 때 마요가 세뱃돈으로 플레이스테이션2를 샀다고 해서 함께 '명탐정 코난'을 하고 집에 왔는데, 열쇠가 없어서 아빠가 돌아올 때까지 기다렸을 때처럼 부들부들……키 180센티미터나 되는 콘트라베이스가 부들부들…….

　복도와 거실 사이에 있는 나무문의 유리 부분에 얼굴을 갖다 대고, 소녀는 어깨를 늘어뜨린 아빠가 허리를 펴고 왼손으로 현을, 오른손으로 활을 움직이는 모습을 보았다. 볼을 비비는 것처럼 콘트라베이스 목에 기댄 얼굴은 잘 보이지 않지만,

마치 퍼붓는 빗속에 있는 것처럼 온몸이 흠뻑 젖어 있었다. 베란다 저편의 저녁 해가 아빠와 콘트라베이스 윤곽을 빨간색으로 가늘게 덧그렸지만, 빠른 비브라토의 부드러운 레가토가 점점 느린 리타르단도에서 사라지기 전에 해가 져, 두 개의 커다란 윤곽이 어둠 속에 녹아 소녀의 등뼈가 콘트라베이스 속에 있는 혼주(魂柱, 사운드 포스트sound post라고도 하며, 공명을 만드는 역할을 한다_옮긴이)처럼 떨렸다. 꿀꺽, 침을 삼킨다. 금방침이 다시 고인다. 뭐야? 무서운 거야? 왜? 아빠잖아? 꿀꺽, 다시 한 번 침을 삼키자, 화가 치밀어 올랐다. 왜 불도 안 켜고 있는 거야! 왜 아무 말도 안 하는 건데! 소녀는 벌컥 문을 열고 들어가 벽에 있는 스위치를 주먹으로 쳤다.

"뭐하는 거야!"

"아, 왔니⋯⋯아메⋯⋯아빠 왔다⋯⋯."

"왜 이렇게 늦었어! 왜 열흘 동안이나 전화도 안 한 거야!"

"⋯⋯미안하다⋯⋯아빠, 죽을 뻔했다⋯⋯정글에서 구덩이에 빠져⋯⋯."

"⋯⋯구덩이에 빠져?"

소녀는 어젯밤 꿈을 떠올렸다. 복사뼈까지 물에 찬 트레킹 슈즈⋯⋯웅덩이에 비친 달⋯⋯무슨 예감이 들었던 걸까?

"이야기하면 기니까, 우선은 저녁부터 하자. 아, 그 전에 선물이다."

"그 전에 옷부터 갈아입으시죠. 와, 엄청 젖었잖아. 샤워 안 하면 감기 들어."

"사모님, 시작하셨군요."

"사모님 아니거든요."

소녀는 아빠를 노려보았다. 아빠의 놀리는 듯한 눈빛이 간지러워 오른쪽 입술 끝이 위로 올라가길래, 쿡 하고 얼른 입술에 힘을 주었다.

"마누라 같잖아, 잔소리 많은 마누라."

"아니라니까요! 빨리 샤워나 하세요!"

"선물이다."

아빠는 벨트에 고정시켜 두었던 삼각케이스에서 파라핀지를 꺼내 소녀의 손바닥 위에 놓았다. 그리고 접힌 세 번을 펴서 인분이 손에 묻지 않도록 살짝, 촉각이 꺾이지 않도록 살짝, 칠흑 같은 앞날개와 황금빛 뒷날개를 꺼냈다.

"마, 마 마젤란!"

자기도 모르게 튀어나왔지만, 숨소리뿐이어서 소녀는 다시 크게 소리를 질렀다.

"마젤란장수제비나비!"

소녀는 발끝을 들고 전등 밑으로 갔다.

"와! 대단하다, 아빠!"

소녀는 눈을 동그랗게 뜨고 덥수룩한 수염의 창백한 얼굴을 올려다보았다.

"아름답지?"

"상상했던 것보다 100배는 더……살아 있는 거 같아……어? 지금, 움직였지? 아, 어떡해, 살아 있잖아!"

"죽었어……이렇게 숨을 멈추게 했거든."

아빠는 화려한 붉은 반점이 있는 가슴팍을 손가락으로 집는 시늉을 했다.

"그렇게만 해도 죽어?"

"죽지……."

"환광幻光이란 게 어떤 건데?"

"환광은 살아서 햇빛 아래서 날아야 볼 수 있어……아, 그래도……약간 비스듬하게 봐보렴."

소녀는 인공조명에 나비를 비추고 얼굴을 살짝 비스듬히 해보았다.

"……모르겠어."

"……음……햇빛을 받은 날개 표면에서 어지럽게 반사되는 거라……."

"……아아……그래도 조금……하얗다고 할까……레몬색

46

으로 변했나?"

"이게 진주 빛으로 반짝이는 거야."

"……아빠는 봤어?"

"봤지……전시展翅해둬라."

"어? 이거, 주는 거야?"

"그래."

"하지만 이건……."

"카메라로 잘 찍어뒀으니까."

"정말?"

"정말이야."

"와! 전시해서 세이 짱하고 유키 짱한테 보여줘야지!"

"남이 가질 수 없는 걸 보이면서 자랑하는 건, 글쎄 어떨까?"

"12살밖에 안 된 딸을 2주 동안이나 방치한 사람이 설교하는 거야? 그쪽에서 그렇게 나오신다면 저도 얼마든지 설교하지요. 전시는 내가 할 테니까 우선 샤워나 하시죠."

"혼자서 할 수 있겠니?"

"작년 여름방학 때 가르쳐주셨잖아요."

"호랑나비나 배추흰나비 같은 거하고는 전혀 다른 거다."

"알고 있사옵니다."

"그럼, 좋아. 아메 거니까 아메가 좋을 대로 하렴. 하지만 잘

못됐다고 울어도 아빠는 모른다. 다시는 못 잡는 나비니까."

"라저roger!"

소녀는 손바닥에 나비를 올려놓은 채 자기 방으로 들어가 왼손으로 장지문을 열었다. 그리고 암실 같은 좁은 방의 곰팡내 섞인 냄새를 깊이 들이마시고 표본실에 발을 들여놓았다.

소녀는 작업대에 설치되어 있는 라이트를 켜고, 작년 여름방학 때 아빠가 가르쳐준 기억을 떠올리며 작업을 시작했다. 우선 나비 흉부 한가운데 핀을 꽂아 직각으로 꽂지 않으면 날개를 펼 때 부러질 염려가 있으니까 옆으로도 잘 살펴보고 잘못 찔렀을 때는 다시 할 수밖에 없지만 나비한테 상처가 생기니까 가능한 한 한번에 끝내야 해 좋아 직각이다 다음은 그 핀을 전시판에 찌르는 거야 이것도 직각이지 잘하는데 나비 높이를 조정할 때는 날개에는 손가락 하나 대지 말고 핀셋으로 흉부를 움직여 그리고 다음은 날개를 펼쳐 됐다 전시테이프로 누른 다음에 시침하는 것처럼 일단 붙들어두는 거야 전시테이프가 전시판과 평행이 되도록 주의하고 아메는 오른손잡이니까 오른쪽부터 고정시켜 자 앞날개 좌우를 살피고 그렇지 아메는 손재주가 좋구나 밸런스가 좋아 뒷날개도 그렇게 하면 되는 거야 요령은 고정 핀을 아끼지 말고 쓰는 거 마지막은 촉각이다 촉각이 뒤틀리면 모양이 흉하니까 눈하고 손끝에 모든 신경을 모아 앞날개 끝보다

약간 안쪽을 가다듬는다는 생각으로 하면 깔끔하게 될 거야

됐다, 아빠! 봐, 완벽하지? 이제 한 달 정도 햇빛이 안 드는 데서 건조시킨 다음에 해충, 곰팡이 방지 나프탈렌하고 같이 표본상자 안에 넣어두면 끝!

목욕탕에서 손을 씻고 있는데, 아빠가 벌거벗은 채 욕실에 들어왔다.

"다 했어."

소녀는 붉어진 얼굴을 돌리고 손을 씻다 말고 표본실로 돌아갔다.

폴 스미스 티셔츠와 G스타 청바지로 갈아입은 아빠가 수염을 깎고 개운한 얼굴로 들어왔다.

"어디 보자."

아빠는 수건을 머리에 걸치고 몸을 구부려 전시판을 들여다보았다.

아빠는 젊다. 수업 참관일 같은 때 학교에 오면 다들 오빠냐고 하는데, 객관적으로 봐서 20대라고 해도 아무렇지도 않아. 앞으로 몇 년 후에, 내가 16살이나 17살이 돼서 같이 손잡고 걸어가면 분명히 다들 오해할 거야. 나이를 물어보면 언제나 비밀이라며 도망치지만, 사실은 내가 생각하는 것보다 나이는 많은데 젊어 보이게 하고 다니는 건지도 몰라. 오늘이야말로 알아내고 말 거야. 조금만 기다려, 아빠!

"호, 완벽해, 역시 사쿠라이 조교수네."

"언제 조교수가 됐어? 얼마 전까지는 강사였는데."

"학회에서 논문을 인정받아 승진했단다. 자, 이제 저녁이다. 뭐 먹을래?"

"스파게티."

"그럴 줄 알았지. 자, 어디, 어떤 녀석이 아직 살아 있을까?"

소녀가 아빠 뒤에 서서 냉장고 안을 들여다보았다. 아빠가 냉장실을 열어봤지만, 안에는 아―무것도 없었답니다. 이번엔 냉동실을 열어봤지만, 우라시마타로(浦島太, 일본 전설 속의 인물. 거북이를 살려준 주인공이 상자를 절대 열지 말라는 약속을 어기고 여는 순간 노인이 되었다고 함_옮긴이)가 용궁에서 가지고 온 상자처럼 하얀 연기가 피어올랐지만, 갑자기 머리가 희어져 할아버지가 되지는 않았다는군요. 그저 남은 것은 얼음하고 열을 식히는 아이스팩뿐이었다고 합니다요.

"이제, 그건, 없나보네, 사쿠라이 셰프의 특선 미트소스."

"그거야 3일 만에 다 먹었지요."

"좋아, 그럼 드디어 등장합니다, 페페론치노."

아빠는 냉장고에서 올리브오일과 빨간 고추를 꺼냈습니다. 싱크대 아래에서 비닐 봉투를 꺼내 이빨로 뜯은 다음, 슬라이스 된 마늘을 한 움큼 볼에 넣어 물에 불리고, 파스타용 냄비에 물을 붓고 불을 켠 다음, 타이머를 12분에 세트했습니다. **찾았다 찾았다 오늘 그 아이를 찾았다.**

소녀는 거실 소파에 누워 부엌에서 풍겨오는 마늘과 올리브 오일의 구수한 냄새를 맡으며 유키나한테 빌린 『울트라매니아』를 읽는다.

"어머, 니나 좀 봐, 얼른 말해봐! 언제 츠지아이 군하고 그런 미묘한 관계가 된 거야!? 얼마 전까지는 전혀 그럴 마음 없는 거 같았는데!"

"미묘한······."

"츠지아이 군 괜찮잖아! 사귀어봐. 네가 마법을 쓰는 것도 아니까, 그보다 더 좋은 상대가 어디 있어?"

"음—, 그렇긴 한데, 아무래도 그게 좀 걸려······."

"왜?"

"마법 쓰는 걸 신기해하는 것뿐인데, 그걸 좋아하는 거라고 착각하는 건 아닐까 하고······."

"에이, 그럴까? 하지만 마법 쓰는 거 알기 전에도, 조금 귀엽다고 했다잖아? 가지 군한테······."

"조금이라고······."

낮은 테이블에 김이 모락모락 나는 스파게티와 콩소메수프

(육류, 야채 따위를 삶아낸 물을 헝겊에 걸러낸 맑은 수프_옮긴이)가 차려졌다.

"빠르다."

"빠르고 맛있고 싸기로 유명한 키친 SAKURAI입니다."

"잘 먹겠습니다ー."

"잘 먹겠습니다."

소녀는 접시 옆에 『울트라매니아』를 놓고 한 손으로 넘기며 포크로 스파게티를 돌돌 말았다.

"먹을 때는 책 덮어라."

"찾았다 찾았다 오늘 그 아이를 찾았다."

"뭐야, 그게?"

"뭐 같아?"

"만화에 나오는 주문?"

"피ー!「나라나시토리」. 배를 구하러 갔다가, 늪의 주인인 큰 뱀한테 잡아먹힌다는 짱ー무서운 도호쿠 지방 옛날이야기. 저기 있잖아, 별로 옛날이야기 책 사줘. 전 10권으로 된 거."

"무슨 벌인데?"

"니그렉트neglect."

"어쭈, 그건 또 뭐야."

"그러니까 이번 일요일에 오랜만에 데이트하자고. 토요초에 있는 분쿄당에 가서 옛날이야기 책 사줘, 109-②에 있는 나르미야 엔젤블루나 메조피아노에서 옷도 사주고, 중앙로에서 피카추 네 장짜리 사진도 찍고, 다케시타 거리에서 딸기 커스터드 프레시 크레이프도 먹어."

"그렇게 너무 욕심 부리면 남자친구가 싫어할걸."

"남자친구 같은 거 없습니다요. 남자친구가 있다면 아빠한테 데이트하자고도 안 하지. 그런데 말이야, 왜 콘트라베이스야?"

"아, 화제를 바꾸네. 수상한걸."

"안 바꿨습니다요."

"지금 바꿨잖아."

"옛날부터 이상하다고 생각했던 거야. 현악기라면 다른 것도 많잖아? 바이올린이나 첼로도 있는데, 콘트라베이스는 눈에 띄지도 않잖아. 오케스트라 같은 데서 밤 밤 밤 밤 하는 연주가 대부분이고."

"참 실례되는 말이구먼. 말러의 『거인』 3악장 처음은 콘트라베이스 솔로고, 게리 카(Gary Karr, 1941~)라는 사람은 말이다, 아버지, 할아버지에 이어 3대째 콘트라베이스 연주자고, 숙부 둘하고 사촌도 같은 연주자라고. 카는 오케스트라를 위해서가 아니라 솔로 악기로써 콘트라베이스의 가능성을 추구

한 사람이야."

"아빠도 추구하셨나요?"

"아니, 아빠 고등학교 때 오케스트라에 들어갔는데 실은 첼로를 하고 싶었거든. 그런데 야노란 녀석한테 첼로 자리를 뺏기고 말았어. 중학교 때부터 베이스를 만졌기 때문에 그럼 해볼까 하고, 뭐 그런 거란다. 기본은 베이스하고 같거든. 하지만 음대 간 녀석들한테 들어보면 솔로 파트가 많은 피아노나 바이올린, 첼로나 플루트 같은 건 역시 경쟁이 심해서, 다들 너무 예민하다는구나. 하지만 콘트라베이스는 경쟁자도 별로 없으니까 여유롭고 의젓한 데다 명랑하고 성격 좋은 녀석들이 많대."

"추구가 아니라 체념이잖아."

"요즘 들어 부쩍 어려운 말을 쓰네."

"국어대사전 애독 중이니까. 그런데 구덩이에 빠졌다는 거 정말이야?"

"그 이야기는 자기 전에……."

"……그럼……그래! 아빠 진짜 나이는 몇 살이야?"

"집에 오자마자 갑자기 질문 공세냐?"

"당연하지, 2주 만이니까."

"2주 만에 왔으니까, 아빠는 학교나 어린이집 이야기를 듣고 싶은데."

"관심도 없으면서."

"왜 없어."

"있다면 전화했겠지."

"그렇게 앙심을 품으면 남자친구가 싫어할걸."

"남자친구 같은 거 없다고 그랬잖아! 그렇게 화제 바꾸지 마시죠, 몇 살이죠?"

"비밀."

"왜 감추는데?"

"나이는 묻지 않기로 약속했을 텐데."

"농담하지 말고."

"왜 제 나이가 궁금하시죠? 나이 차이가 우리들 사이를 갈라놓기라도 하나요? 설사 나이가 우리 앞을 가로막는 장벽이 되더라도 둘이 손을 잡고 극복해봐요!"

"아아, 정말 싫다! 좀 조용히 해주실래요?"

"그렇게는 안 되지요. 네가 입을 열게 했잖아."

"잘 먹었습니다!"

접시를 들고 일어나 부엌으로 간 소녀는 개수대 통에 잠기는 접시를 보며 큭큭큭 하고 웃었다.

"불 끌까?"

"응."

탁, 하는 스위치 소리와 함께, 어둠과 빗소리가 침실을 지배했다. 아빠가 돌아왔다. 손을 뻗으면 닿을 수 있는 곳에 아빠가 있다. 이제부터 아빠하고 같이 잘 수 있어. 혼자가 아니야. 난 혼자가 아니야……그런데 이 쓸쓸함은 뭐지……쓸쓸하다기보단 불안? 그리고 어쩐지 이상하게 추워……내일이면 7월인데 왜 그럴까……춥다……어린이집에서 집에 오는 길에 비가 왔는데, 젖어도 상관없다고 달려오다가 비가 너무 많이 와서 할 수 없이 셔터를 내린 가게 처마 밑에서 비를 피하는데,

점점 어두워지는 데다 거리에는 사람도 없고, 어딘가에서 나
는 고양이 울음 소리를 들으며 빗줄기를 바라보고 있었던 때
처럼……야옹 야옹……추워……야옹 야—옹 야—옹…….

"……아빠, 자?"

"응?"

"아직 안 자?"

"응."

"……왜 아무 말도 안 하는데?"

"아메가 잠이 든 것 같아서."

"무슨 생각해?"

"아메 생각."

"내 생각, 뭐?"

"이것저것."

"저기……구덩이에 빠진 이야기 해줘……."

소녀가 베개에서 얼굴을 돌렸다. 메밀껍질이 서걱서걱 소
리를 냈다. 아빠의 옆얼굴이, 꿈에서 본 웅덩이에 비친 달그림
자처럼 창백하게 흔들려 소녀는 꾹 하고 눈을 감았다. 꿈? 진
짜는 없는 거야? 이번에는 눈이 찢어지는 게 아닌가 싶을 정도
로 크게 떠본다, 있다. 꿈이 아니야. 아빠는 여기 있어.

아빠는 깊은 한숨을 쉬고 나서 이야기를 시작했다.

"……이젠 끝이라고 생각했지……지금까지 위험한 상황이 몇 번이나 있었지만……이번엔……살아서 아메를 볼 수 없는 게 아닌가 생각했다…….

늘 그렇듯이 날이 새자마자 호텔을 나와 헤드라이트를 켜고 정글로 들어갔지……아무것도 없었다……마젤란장수제비나비는커녕, 연호랑흰나비나 나가사키호랑나비도……계속해서 앞으로 나갔다……키익 키익 키이이 하고 물까치가 경계하는 듯한 소리로 울었다……갑자기 울창한 나무들이 사라지고 호접란이 군생하는 드넓은 광장 같은 데가 나타났다……아빤 처음으로 발을 멈췄다……그때였어, 머리 위에서 검은 그림자가 살포시 내려와 난 위에 앉았다.

마젤란장수제비나비.

카메라를 들이대고 정신없이 사진을 찍었다. 마젤란장수제비나비가 꿀을 빨면서 날갯짓하자 뒷날개가 진주 빛으로 빛났다. 배낭 옆에 꽂아둔 잠자리채를 뽑아 들었다. 드디어 잡았다고 생각한 순간 떨어졌다—.

꽤 오랫동안 정신을 잃었다. 눈을 떠보니 구덩이 밑이었어……5미터는 됐을까……우선 그물 속에 있는 나비를 죽여 파라핀지에 싸서 케이스에 넣었다. 그러자 갑자기 비가 오기 시작했단다, 스콜이……비는 한밤중까지 계속됐지……."

"어떻게 살아난 거야?"

"다음 날 아침, 여권하고 빨간 주머니를 구덩이 밖으로 던져 뒀지. 그리고 지나가던 야미족 남자들이 구해준 거야."

"……만약에 지나가는 사람이 아무도 없었다면 어떻게 되는 거야? 거긴 정글이잖아? 그럴 확률이 더 높은 거 아니야?"

"……죽었겠지."

"싫어, 그런 거! 앞으로는 절대 위험한 곳에 가지 마. 나한테는 아빠밖에 없잖아. 응, 약속해!"

"약속하마……."

아빠는 이불 속에서 오른팔을 꺼내 새끼손가락을 세우고는, '손가락 걸고 약속해, 거짓말하면 바늘 천 개 먹기' 하면서 손가락을 걸고 흔들어 보였지만, 목소리는 빗소리에 녹아들고 그림자는 창가에 흐르는 비 그림자에 섞여버렸다.

"저기, 저녁에 문자 보냈어?"

"문자?"

"5시쯤에."

"아니. 공항에서 집으로 오는 전철 안에 있었는데."

"근데 울렸어, 『꿈 뒤에』가."

"아빠 전화 착신 멜로디네."

"아빠 전화 때만 울리는 착신 멜로디야. 메시지가 오면 아빠가 찍은 하늘 사진이 화면에 뜨게 돼 있어. 근데 사진도 안 떴고……꿈이었는지도 몰라……한낮에, 깨어 있을 때 꾸는 꿈 있잖아……뭐라고 하더라?"

"백주몽白晝夢."

"맞아……백주몽……이제 졸려……자도 돼?"

"그래, 자라."

"저기,『꿈 뒤에』란 곡 말이야, 헤어진 연인하고 꿈에서 만났는데, 잠에서 깨어 실망했을 때 이미지?"

"잘 아는데?"

"몰라……그냥 왠지 그런 생각이 들었어……."

네 모습에 넋을 잃은 꿈속에서
행복만을 꿈꾸었지
피어오르는 신기루처럼
너의 눈동자는 부드럽고
너의 목소리는 투명하며
너는 찬란했다
아침 햇살을 담은 하늘처럼
너는 나를 부른다
나는 지상을 떠나

너와 함께 간다

빛 속으로

하늘은 우리를 위해

살며시 구름을 열어주었다

미지의 빛 신의 빛

하지만 이게 어찌된 일인가

이 초라한 아침

나는 너를 부른다

밤아, 돌려다오!

소녀는 잠 속에 가라앉았다 떠올랐다 하면서 빗소리 속에서
아빠 목소리를 건져 올렸지만, 비바람이 세차게 불어와 **밤아,
돌려다오! 돌려다오! 돌려다오!**……손이다……차가워……젖
어 있어……비를 맞고 돌아온 것 같은……아아, 떨어진다……
깃털처럼 빙글빙글 빙글빙글……누가 쓰러져 있네……달빛
이 젖은 머리카락에 붙어 있다……어? 아빠? 아빠야?

놀라 눈을 뜨자, 방 안이 밝다. 비?……아니다……튀김 소리
다……슈와―주, 파팟, 슈……새우튀김? 너겟인가? 소녀는 턱
까지 이불을 끌어 올리고 다시 눈을 감았다. 통통통통통통, 역
시 훌륭하군요, 너무 빨라 반할 거 같아……계란말이 냄새

다……아빠가 만드는 계란말이는 우유하고 설탕을 넣어 부드럽고 달콤한 게 정말 맛있어……아, 어떡해……행복해……눈물이 날 것 같이……언젠가 결혼을 하면, 가족들이 돌아오기를 기다리면서 밥을 지을까……결혼 같은 거 안 해! 아빠한테 계속 만들어달라고 할 거야! 계속! 언제까지나! 아빠는 지금 그대로의 아빠고, 나는 지금 그대로의 나로, 그대로 쭉―계속해서! 하지만 또 어디론가 가버리겠지……모레부터 일주일 마다가스카르에 갔다 오마 하고……뭐가 제일 싫으냐면, 혼자서 밥 먹는 거야……혼자서 자는 거랑……게다가 그런 이야기까지 들었으니 걱정이 돼서 잠을 잘 수가 있겠어! 나비 찍는 일 그만둬!

팅, 하고 식빵이 토스터에서 튀어 오르는 소리가 났다.

"아메, 식는다."

소녀는 하품하는 시늉을 하더니 기지개를 켜던 손등으로 눈가에 번진 눈물을 닦으며 화장실로 갔다.

"잘 잤니?" 아빠가 묻는다.

"잘 잤어." 소녀가 대답한다.

소녀는 화장실 안에서 눈물을 닦으며 물을 내렸다.

거실로 나오니 식탁 위에는 식빵과 달걀 프라이와 콘수프, 그리고 홍차가 차려져 있고, 스누피가 그려진 냅킨 위에 알루미늄 도시락이 놓여 있다. 반찬은 새우튀김하고 계란말이, 미니 그라탕, 밥 위에는 김하고 다랑어포를 양념한 오카카가 뿌려져 있다. 소녀가 앞치마를 두른 미피 그림의 도시락 뚜껑을 덮으려 하자 아빠가 말했다.

"식중독이 많은 계절이니까 나가기 전에 덮는 게 좋을걸."

아빠가 우유팩을 들고 와 홍차에 따른 뒤 티스푼으로 빙글 저었다.

소녀도 같은 동작으로 우유팩을 기울이고 스푼으로 홍차를 빙글 저었다. 스푼이 부딪치는 소리가 아빠와 소녀의 잔에서 동시에 들리자, 두 사람은 서로에게 따뜻하고 쓸쓸함이 한데 섞인 듯한 눈빛을 보낸 뒤, 컵에 눈을 돌려 홍차를 마셨다.

빨간 책가방을 등에 진 소녀가 현관 매트 위에서 폼포네트 운동화를 신었다. 진흙투성이의 트레킹슈즈는 보이지 않았다. 아빠가 일찍 일어나 신발도 빨고 청소도 했네. 인도네시아나 아마존 같은 데서는 몇 주 동안이나 목욕을 안 하고도 아무렇지 않으면서, 이런 데서는 깔끔하단 말이야.

"다녀오겠습니다!"

"조심해서 다녀오렴."

맑음. 구름 한 점 없이 맑은 하늘. 하지만 내가 눈을 뜨기 바로 전까지 비가 왔나보다. 지붕도 담도 나무도 길도 전봇대도 모두 젖어 있고, 저것 봐, 전깃줄에는 시침핀 머리 같은 빗방울이 나란히 매달려 있잖아? 오늘부터 7월! 장마가 끝나려면 아직 3주 정도 있어야 하나? 정했다. 여름방학 첫날엔 바다로 가자! 파란 하늘! 파란 바다! 신나게 놀 거야! 그냥 놀기 위해서 노는 거야! 소녀는 어깨까지 닿는 머리카락을 좌우로 흔들며 비에 젖은 언덕길을 달려 내려갔다. 신발 소리를 울리며, 심장을 울리며, 탁, 탁, 두, 두, 탁, 탁, 탁!

어? 없어? 정말? 오늘은 종일 집에 있겠다고 하지 않았나? 소녀는 다시 205호 초인종을 누르고, 현관 저편에서 발소리가 들려오기를 기다렸다. 어? 정말 없는 거야? 목에 걸고 있던 열쇠로 문을 열자 현관과 복도는 밝았지만 거실에는 불이 켜 있지 않았다.

"다녀왔습니다!"

소녀는 현관에 들어서 문을 잠그고 체인을 건 다음, 매트 위에 앉았다. 빨간 바탕에 남색 스트라이프 스니커, 버켄스탁 샌들, 검정 부츠, 갈색 리갈 워킹슈즈 전부 있다. 뭐야, 집에 있잖아, 자고 있구나, 내가 깨웠나……아빠, 다른 때처럼 아침 준비에 도시락까지 싸줬지만, 실은 엄청 피곤할 거야. 그도 그럴 게 정글에서 구덩이에 빠졌었는걸! 그런 일은 흔히 있는 게 아니잖아. 좋아! 오늘은 제가 저녁을 지어드리지요. 뭘, 만, 들, 까, 요, 어제는 페페론치노였으니까―, 그러니까―, 음……소녀는 냉장실과 냉동실, 신선도실, 야채박스를 열어보았다. 감자튀김과 치킨너겟을 튀기고, 맞다, 샌드위치! 햄&치즈 샌드위치, 달걀 샌드위치, 참치 샌드위치! 다 되면 깨워드리지요, 마이 달링!

우선은 말이죠, 식어도 맛있게 먹을 수 있는 것부터 만듭시다. 튀김은 마지막이에요, 아시겠습니까? 소녀는 냉장고에서 달걀 두 개와 오이 하나, 햄, 치즈, 마요네즈를 꺼내 식빵을 달걀에 살며시 적신 다음 가스를 켜고, 참치 캔 뚜껑을 따고, 감자 껍질 벗기는 것으로 오이 껍질을 벗긴 다음, 부엌칼을 들고 익숙하지 않은 손놀림으로 오이를 썰기 시작했다. 타마루 선생님이 뭐라고 했더라? 통썰기는 위에서 앞쪽으로 칼끝을 밀어내듯이 썰어요. 칼을 쥘 때는 엄지와 검지로 꼭 쥐고 나머지 손가락은 가볍게 쥐는 것이 기본이에요. 왼손 손가락 끝은 가볍게 구부려 관절에 칼이 닿는 느낌으로. 이렇게 하면 손가락을 베일 염려가 없고, 익숙해지면 빨리 썰 수도 있죠.

나는 가정 과목을 정말 못해요. 유키 짱하고 세이 짱은 '수'지만, 나는 '양'이에요. 자랑은 아니지만 다른 과목은 전부

'수'인데! 뭐랄까, 여자아이틱한 걸 못하는 건지도 몰라. 못한다기보다 솔직히 싫어하는 건지도. 앞치마 입고 국자로 간을 보는 것 같은 그림. 하지만 아빠처럼 요리 잘하는 남자는 멋있는 거 같아. 편견일까? 여성 멸시? 딱히 멸시하거나 그런 건 아니니까 역시 편견일까? 나중에【편견】하고【멸시】를 사전에서 찾아봐야지! 그러고 보니 호쿠토도 양배추 채썰기 할 때, 타타타타타 정말 잘했었지. 와―, 부인 삼으면 좋겠다 하고 내가 말했더니, 돈 벌어다 주면 좋지 하고 웃었어, 왜 그렇게 잘하냐고 물어봤더니, 엄마가 천식 때문에 자주 입원을 해서 그렇다고 했지……음―, 다음은 뭐지? 햄하고 치즈는 묵기 바로 전에 하는 게 좋고……거시기 참치는 숟가락으로 잘게 부순 다음 마요네즈를 넣고, 인자 오이를 섞어서……오메, 오이가 엄청시리 많이 남아부렀네요잉……괜찮스라 그랑께 햄, 치즈&오이 샌드위치로 하면 되지라……인자, 드디어 메인 디시랑께요. 튀김은 중국 음식 할 때 쓰는 프라이팬에 기름을 붓고 엄청시리 뜨거워지면, 튀김옷을 떨어뜨려봐서, 쫙―하고 올라오면 된 것이지라? 아빠는 몇 개나 잡술란가? 맥도널드에서 파는 건 다섯 개짜리였는데 꽤 드셨는디. 그랑께 내는 세 개, 아빠는 열 개로 할까나? 너무 많다고. 그럼 여덟 개로 해두지라. 오메, 그런디 너겟하고 감자는 튀김옷이 없는데 어떻게 한다냐? 끄트

머리를 조금 잘라볼까. 그렇지, 오메 그렇당께 그렇게 하면 되는디. 잘라, 잘라, 오메, 떠오르는 것, 시방 넣으면 되지라, 오메, 어쩔거나! 타이머 세트하는 걸 잊어부렀네! 어쩐지 벨이 안 울린다고 했네. 벌써 20분은 지난 거 같은데! 이걸 어째? 하드보일드 정도가 아니잖여! 소녀는 기다란 냄비 손잡이를 잡고 개수대에 물을 버린 다음 수도를 틀어 달걀을 식혔다. 캬! 아! 아! 기름이다! 빨리 안 넣으면 새빨갛게 달아오를 거야! 당황한 소녀가 끓어오른 기름 안으로 접시를 기울이자, 너겟이 갑자기 튀어 오르더니 소녀의 오른손에 기름이 튀었다.

"앗, 뜨거! 아빠!"

침실로 달려가 방문을 열었지만, 자고 있을 거라 생각했던 아빠가 없었다. 부엌으로 돌아와 보니 종이로 된 달걀 팩에 가스 불이 옮겨 붙더니 눈 깜짝할 사이에 식용유로 번져 프라이팬에서 불꽃이 올라왔다.

"꺅!"

소녀를 밀쳐낸 건 아빠가 아닌 전혀 모르는 여자였다. 여자는 가스 불을 끄고 젖은 수건으로 프라이팬을 덮어 불을 껐다.

"손 좀 보여봐."

망연자실하고 있던 소녀는 순순히 오른손을 내밀었다.

"아, 다행이다. 큰 화상은 아니야. 왼손은?"

왼손을 내보인다.

"이쪽은 아무렇지도 않구나. 빨리 식히는 게 좋겠어."

여자가 커다란 볼에 얼음과 찬물을 붓고 소녀의 오른손을 집어넣게 했다.

"구급상자는?"

"저기……저기요……저기, 위에서 세 번째 서랍이오."

여자가 구급상자를 가지고 부엌으로 왔다.

"잠깐 여기에 앉아봐."

여자는 수건으로 두른 아이스 팩을 대고 붕대를 감은 다음, 소녀의 오른손을 양손으로 감쌌다.

"눈을 감아."

여자의 말투에 소녀는 눈을 감지 않을 수 없었다. 이 여자, 누구지? 어떻게 들어왔지? 지금 뭐하는 거야? 혹시 시부야 같은 데서 남의 이마에 손을 얹고 당신의 행복을 위해 기도해드리지요, 하는 그런 종교단체 사람? 아니야, 아무 말도 안 했잖아……그리고 나쁜 사람은 아닌 것 같아, 그치?……도와주고 있는 거니까……손이 차갑다……조금 전까지 얼음물에 담그고 있었던 내 손보다 더 차가워……차가워……소녀는 불에 덴 손의 열뿐만 아니라 체온까지 급속히 떨어지고, 오른팔을 타고 올라온 냉기가 온몸으로 퍼지는 것 같았다. 쇠줄로 꽁꽁 묶

69

인 것처럼 몸을 움직이지도 눈을 깜빡거릴 수도 없었다.

"자, 이제 눈을 떠봐, 어때?"

"아픈 게……없어진 거 같아요……."

"2, 3일 지나면 깨끗이 나을 거야. 덴 자국도 없어질 거고. 마법을 걸어놨거든."

여자는 볼 한쪽에 보조개를 만들어 보이며, 보조개가 없는 쪽 눈으로 윙크를 했다.

"……마법?"

"후후후후, 기공氣功이야. 엄마가 기공 전문가였거든."

"……기공……."

"그럼, 난 가볼게."

여자가 일어나서 소녀도 함께 일어났다.

"저기……."

"불심검문? 긴급사태였기 때문에 내 소개가 늦었네. 난 옆집 204호에 사는 고야나기 아키코라고 해. 비명 소리가 들려서 무슨 일인가 하고 와본 거야."

"……미안해요……."

"이 집 거실하고 우리 집 거실이 벽 하나 사이야. 이 아파트 날림공사를 했는지 전혀 방음이 안 돼. 무슨 일 있으면 저기 벽을 노크해. SOS라고 생각하고 언제든지 달려올게."

"……고맙습니다……?"

소녀는 영문도 모른 채 머리를 숙였다.

"어려울 땐 서로 돕는 거지."

여자가 부엌에서 나갔다.

정신을 차리고 복도로 나가보니, 여자 모습이 없다. 어? 벌써 없어? 문 소리, 안 들렸지? 응? 집에 와서 문 잠갔는데? 안쪽에 체인도 걸고……말도 안 돼, 저 여자 어떻게 들어온 거지? 그리고 어떻게 나간 거야? 옆집에 산다고 했지? 혹시 베란다로?

소녀는 베란다에 나가 방화벽 틈으로 옆집 베란다를 들여다보았다. 어둡지만 보인다. 널어놓은 빨래……흰 운동복, 분홍색 티셔츠, 흰색, 분홍색, 베이지, 하늘색 속옷……거실은 유리문을 열고 방충망만 닫아놓은 거 같아……현관은 잠겼으니까 방으로 가서, 베란다 난간에 발을 올려놓고……악, 위험해……2층이니까 떨어져도 죽지는 않겠지만……하지만 머리부터 떨어지면 바닥이 콘크리트니까 죽을 거야……목숨을 걸고……나, 너무 놀라서 제대로 인사도 못했는데…….

베란다에서 부엌으로 돌아온 소녀는 어수선한 개수대와 가스레인지를 보고 금방이라도 눈물이 날 것 같았다. 기름투성이이다……저녁밥은 엉망이 돼버렸고……아빠는 없고……아빠가 없어, 아빠가 없어서 이렇게 된 거야! 바보! 아빠 바보! 도대체 지금이 몇 시야! 8시 반이잖아! 아아—, 배고파. 먹자. 분명히 어디선가 먹고 오겠지! 혼자서 다 먹어버릴 거야! 아, 짜증나, 정말 열 받아!

소녀는 쟁반 위에 식빵과 햄과 치즈와 마요네즈와 삶은 달걀과 1리터짜리 우유팩을 얹어 거실 테이블로 가져갔다. 그러고는 마룻바닥에 털썩 주저앉아 삶은 달걀 껍질을 벗기기 시작했다. 뭐야! 왼손으론 안 벗겨지잖아! 아—! 아아—! 이건 다 아빠 때문이야! 바보바보바보바보바보바보바보바보!……맛이 없어……소금을 안 가지고 왔다……됐어, 귀찮아……소녀는 너무 오래 삶아 회색빛이 도는 노른자를 꾸역꾸역 입에 넣고 우유를 마셨다. 근데……아빠 신발 전부 있었잖아? 뭘 신고 나갔지? 없는 건 그 트레킹슈즈뿐이었지? 이것 보세요! 사쿠라이 토모하루 구—운! 트레킹슈즈 신고 어딜 간 거야—! 메모도 안 남겨놓고 서둘러 나갔으면 뭔가 크게 잘못돼서 출판사에 불려 간 건지도 몰라……괜찮나?……아무리 서둘러 나갔어도 그렇지, 메모 정도는 남길 수 있는 거 아니야? 문자는? 오늘은 절대로 아빠하고 한마디도 안 할 거야.

……비? 비다……또 비야……장마니까 할 수 없나……아빠가 우산은 가지고 갔을까? 그럴 리가 없지, 우산 같은 거 싫어하니까, 우산 받치고 걷는 거 본 적이 없는걸. 그래도 레인코트

는 좋아하지, 레인코트라기보다 비옷 같은 거? 회색, 모스그린, 검정, 빨강, 진한 파랑 다섯 벌이나 있는걸. 출판사에 갈 때도 항상 배낭이고, 워낙이 와일드할까, 아웃도어 쪽이랄까, 그래 터프가이다, 참. **여보세요 아가씨들, 잘 들어요, 터프가이한테는 절대로 반하면 안 돼요—.**

번쩍 하고 소리 없는 번개가 지붕과 빌딩 위를 달리더니, 소녀가 베란다로 눈을 돌리자 우르르르릉 하고 천둥을 동반하며 가까워졌다. 꽝! 쳤다! 소녀는 눈을 꼭 감고 양손으로 귀를 막았다. 아얏……역시 아파……못 참을 정도로 아프면 병원에 가는 게 좋을까? 가는 게 좋겠지? 피부과? 외과? 내과? 이 시간이면 다 문 닫았을 테니까 응급실일까……어디지? 키바병원이나 코토병원? 보험증 꺼내놔야겠다…….

소녀는 작은 방 벽장을 열고 표본실에 발을 들여놓았다. 전시판에는 마젤란장수제비나비가 벨벳처럼 촉촉하고 까만 앞날개와 잘 익은 여름 감귤색 뒷날개를 펼치고 있었다. 이렇게 계속 비가 오면 날개가 잘 안 마르겠지, 나프탈렌을 넣어두지 않으면 곰팡이가 필지도 몰라……하지만 정말 살아 있는 것 같아……어쩐지 이 방으로 잘못 들어와 잠시 날개를 쉬고 있는 것처럼……소녀는 나비에게서 눈을 돌려 책상 서랍을 열었다. 소녀의 보험증을 꺼내면서 별 생각 없이 밑에 있던 아빠의 보험증을 꺼내보았다.

성명	사쿠라이 토모하루
생년월일	쇼와 51년 4월 3일

……쇼와 51년이라고……에—그럼, 서력으로 하면 25를 더하면 되지……1976년? 뭐? 뭐라고? 지금이 2004년이니까……28? 스물여덟 살? 아빠가 스물여덟 살이었어? 하지만, 응? 내가 열두 살이잖아? 28-12=16, 16? 열여섯에 낳은 거야? 뱃속에서 열 달 십 일이지? 그럼 열다섯에 만들었다는 거야? 소녀는 서랍을 끝까지 열고 몇 번인가 훔쳐본 적이 있는 모자母子수첩을 들춰보았다.

아기 보호자
어머니(임산부) 노나카 츠키에
생년월일   쇼와 40년(1965년) 8월 17일(만 26세)

51-40=11……열한 살이나 위라고? 게다가, 이거……이거 이상하잖아……어째서 지금까지 몰랐을까……노나카는 결혼 전의 성이고…… '아버지' 칸에는 아무것도 안 써 있어……어

떻게 된 거지?……열여섯 살……맞다, 결혼할 수 있는 나이는 분명히 여자가 16세, 남자는 18세였어……사귀다가 아기가 생겼지만, 아빠가 열여덟 살이 될 때까지 결혼을 못한 걸 거야……그래도……너무해……너무해…….

소녀는 자기 책상 서랍에 감추어둔 사진을 손바닥에 올려놓았다. 이 사진은 스물여섯 살이 아니야……훨씬 젊어……이십 대 초야……당신은 도대체 몇 살이에요! 누굴 보고 그렇게 웃고 있는 거예요! 소녀는 사진을 구겨 쓰레기통에 던지고는, 너무해! 너무해! 하며 샤프심을 눌렀다가 부러뜨리고 눌렀다가 부러뜨리며 폰포네트 비밀 공책에 작은 글씨로 썼다.

1992년 6월 12일

아메	0살
토모하루	16살
츠키에	26살

2004년 7월 1일

아메	12살
토모하루	28살
츠키에	38살

등 뒤에 그림자가 지나가는 것 같아 뒤돌아보니 문 앞에 아빠가 서 있다.

"뭐야! 깜짝 놀랐잖아! 남의 방에 함부로 들어오고 그래!"

"안 들어갔다. 밖에 서 있잖아."

비 냄새가 난다. 아빠의 온몸이 비에 젖었다.

"하지만 몰래 들여다보고 있었잖아!"

"방문이 열려 있었으니까."

"그럼 닫을게요!"

소녀가 문고리를 잡자 아빠가 문틈으로 몸을 집어넣었다.

"손이 왜 그러니?"

"아무것도 아니야."

"아무것도 아닌 게 아니잖아."

"……데었어."

"왜?"

"기름."

"기름?"

"……아빠가 자는 줄 알고……샌드위치 만든 다음에 깨우려고 했는데……."

소녀는 화를 내면서, 기름이 손에 튄 것, 달걀 팩에 붙은 불이 기름에 옮아 큰불이 날 뻔한 것, 204호에 사는 여자가 불을 끄고 덴 곳을 치료해준 것을 경직된 소리로 보고했지만, 기공으로 통증이 나았다는 것과 문을 잠그고 체인을 걸어놨는데 여자가 들어왔다는 부분은 말하지 않았다.

"좀 보자."

소녀는 우두커니 선 채 오른손을 올렸다.

"앉아봐."

붕대를 풀자 손등이 동상에 걸린 것처럼 빨갰다. 손바닥을 돌려 살펴보았지만 덴 자국은 없었다.

"아, 다행이다, 별일 아니었구나."

별일 아니었다는 말에 조금은 화가 치밀었지만, 이건 별일이 아니야, 별일인 건, 하고 감정이 얽혀 저려오는 입술을 꼭 깨물었다.

"그쪽 손은 괜찮니?"

"응."

"어디 보자."

"괜찮다니까."

소녀는 손을 뺐지만, 자기가 뭘 하고 싶은지, 뭘 해줬으면 싶은지, 뭘 하지 말았으면 싶은지를 몰라, 아빠가 손을 잡자 팔의 힘이 쭉 빠졌다. 아빠 앞머리에서 떨어지는 빗방울이 소녀의 팔을 타고 손가락 끝에서 똑똑 피처럼 떨어졌다.

"붕대는 필요 없어. 내일쯤이면 빨갛게 된 데도 나아질 거다. 바로 얼음물에다 식히길 잘했다. 아빠, 옆집 사람한테 가서 고맙다는 인사하고 오마."

문이 닫히는 소리를 듣고 소녀는 보험증과 모자수첩을 본래 자리에 놓았다. 그리고 쓰레기통에 던져버린 사진을 주워 손바닥으로 편 다음 비밀 공책에 꽂았다.

빗물이 복도에 아빠 발자국을 남겼다. 문득 고개를 들다가, 체인……? 어떻게 된 거지? 아빠 현관문으로 나갔지? 체인을 건 채로 나갈 수 있어? 그럴 수, 없지……아니면, 밖에서 손을 뻗쳐 체인을 걸 수 있나? 그렇다면 밖에서도 뺄 수 있다는 이야기니까, 체인을 거는 의미가 없잖아. 하지만, 어, 어쩌면 아빠도 베란다로? 그렇게 생각하는 게 더 자연스럽지 않아? 그렇다면 그 여자랑 사귀는 거다. 말도 안 돼, 아빠 쭉 옆집에 있었던 거야? 그럼, 왜 내가 데었을 때 안 온 거지……옷을 벗고 있어서……기가 막혀, 내가 지금 무슨 상상을 하는 거야, 그럴 리 없지! 황당무계해! 상상만 해도 싫어. 아까, 꽝 하는 문 소리 났었잖아. 이젠 못 믿겠어! 눈도, 귀도, 아빠도! 그렇잖아, 이상해! 이상하다고!

소녀는 거실 유리문을 열고 베란다로 나가, 맨발로 아빠의 커다란 지압샌들을 신고 방화벽 틈에 얼굴을 갖다 댔다. 스테

인리스 난간에 부딪치는 빗방울이 물보라가 되어 소녀의 뺨을 적셨다. 이렇게 비가 많이 오는데 빨래를 계속 널어놓다 니……집 안은 아직도 깜깜하고……문을 열어놓고 방충망만 하고 있어……집에 없는 거야……웅? 그럼 아빠는 어디 갔지?

방화벽 틈으로 기어 나온 바퀴벌레가 소녀의 얼굴을 향해 날아왔다. 비명과 함께 고개를 저으며 방으로 들어오려다, 유리 저편에 아빠가 서 있는 것을 보았다.

"바퀴벌레!"

"바퀴벌레 정도야 있지, 여름이니까."

"바퀴벌레 처음이야."

"우리 아파트도 오래됐잖니."

"옆집……있었어?"

"있었지."

"뭐라고 그래?"

"어려울 땐 서로 도와야죠, 그러던데."

아빠는 비에 젖은 손으로 여느 때처럼 카멜을 입에 물고 주머니에서 소녀가 철들 무렵부터 애용한 지포 US NAVY를 꺼내 소녀가 좋아하는 찰칵 소리를 냈다.

이 소리를 들으면 싫은 일이나 슬픈 일에 '.' 를 찍어주는 느낌이란 말이야. 싫은 일이나 슬픈 일이 사라진 건 아니지만

'그건 그렇고' 라든지 '하지만' 하고 줄을 바꿀 수가 있어. 아빠한테 이야기한 적은 없지만, 분명히 의식하고 있는 거 같아. 그럴 것이 엄청 효과적으로 사용하니까, 얄미워, 아빠—! '하지만' 머리가 젖어 있군요, 눈썹까지 흠씬 젖어 있잖아요.

"아빠, 머리랑 닦아."

걱정하는 것처럼 들리면 안 되는데.

"마루가 젖잖아." 소녀는 못마땅한 얼굴로 말했다.

아빠는 화장실로 가 수건으로 머리를 닦으며 돌아왔다.

"저녁은?"

"먹었다."

"……어디서?"

"간다 역 구내에서 간단히 먹었지. 칼로리메이트하고 토마토주스……그것 갖고 되겠냐고 물어봐줘도 되지 않을까요, 사쿠라이 교수."

"이제 잘래, 피곤해."

"어제까지 조교수였는데, 어째서 교수냐고 한마디 따지기라도 해라."

"잘래!"

"목욕은?"

"아침에 샤워할 거야."

"그럼, 이쪽도 그렇게 하지요."

"뭐? 아빠는 목욕해."

"어째서?"

"그렇게 흠뻑 젖었잖아, 왜 그렇게 맨날 젖어 있는데."

"비를 몰고 다니는 사나이니까 그렇지."

"이름은 토모하루(朝晴, 맑은 아침)면서."

"아침에 맑아도 저녁까지 맑다고는 할 수 없지. 음―, 심오한 이름이야."

"자화자찬."

"내가 지은 이름이 아니니까 자화자찬은 아니지."

"누가 지었는데?"

"아버지."

"내 이름은?"

"나. 어때, 좋은 이름이지?"

"아메 같은 이름 싫어."

싫어, 하는 소리가 응석처럼 들려 소녀는 얼른 입을 닫았지만 이미 늦었다. 눈썹 밑의 새까만 눈동자를 반짝이며, 헤비스모커면서 얄밉도록 새하얀 이를 드러내며 아빠가 웃고 있다. 의기양양한 데다 잘난 척하고 있다. 아, 얄미워.

"빨리 목욕이나 하시죠."

"알겠습니다, 사모님."

소녀는 아기 곰 푸가 그려진 잠옷으로 갈아입고 나란히 요를 두 장 깔고 시트를 펼친 다음, 붙박이장에서 타월로 된 여름이불을 끌어냈다. 이제 담요는 집어넣어야겠다, 벌써 7월인걸. 아침 일기예보에서 비 올 확률이 0%인 날, 학교 가기 전에 담요를 널어놓고 가야지. 잘 말려 넣어두지 않으면 나중에 진드기가 생기니까. 미세스로이드다(제품명_옮긴이)! 토요초에 있는 마츠키요(약국명_옮긴이)에서 미세스로이드! 잊어버릴까? 어쨌든 오늘은 정말 피곤해, 왕 기운 없음! 소녀는 불을 끄고 이불 속으로 들어갔다……조용하다……아빠, 진짜로 목욕하는 건가……빗소리 때문에 아무것도 안 들려……왠지 터널 속에 있는 거 같아……비에 젖은 건 아니지만, 어둡고, 축축하고……터널 입구를 봐도, 출구를 봐도 비, 커튼처럼 비가 드리워져 있어. 모조리 비에 젖어……도쿄타워도, 레인보우 브리지도, 신데렐라 성도, 제2초등학교 토끼장도, 날개 돋이가 끝난 씽씽매미도, 종이상자 속에 버려진 고양이도, 고양이 몸에 붙어 있는 벼룩도, 벼룩 알도, 콘크리트 벽과 담 사이에 끼어 힘들어하는 나무도, 아파트 옥상도, 벽도, 창도, 베란다도, 베란다에 널린 빨래도……앗, 그래, 역시 현관 체인은 밖에서 풀 수 있었던 거야. 아까 나, 베란다에 있었잖아? 그러니까 아빠는 현관으로 들어온 거잖아? 안 되겠다, 정말 곤란해. 그렇잖아, 열쇠는 간단히 열고 들어올 수 있잖아? 체인이 있어 안심이었는데. 다음 외국 출장까지는 고쳐달라고 해야지…….

철퍽철퍽 하는 맨발 소리가 다가왔다. 소녀는 타월로 된 이불을 이마까지 끌어올렸다. 오늘은 얼굴을 보여주고 싶지 않아. 위에서도 옆에서도 싫어. 눈이 마주치면 울고 말 거야. 우는 건 싫어. 오늘만은 절대로 싫어. 왔다……잠옷 입고 있어, 저쪽에서 입고 오면 좋을걸. 한겨울에도 팬티 한 장만 입고 들어와, 이불 위에서 잠옷을 입는다니까. 이젠 내 나이도 생각해줘야 하는 거 아닌가……하지만 솔직히 말하면 싫지 않아. 이렇게 등을 돌리고 있어도, 지금 바지를 허리까지 올렸구나, 이제 제일 위의 단추를 채웠구나, 하고 알 수 있는걸, 희미한 소리와 공기 움직임으로……이제 이불 속으로 들어갔다…….

알고 싶지만, 물어볼 수가 없어. 아빠가 이야기하는 걸 듣는 건 괜찮지만. 하지만 내가 먼저 물어보는 건 싫어. 그 사람에 대해 말하는 게 싫거나, 금물이나 터부나 지뢰 같은 건 아니야. 다른 사람한테라면 아무렇지 않게 물어볼 수도 있고, 남들이 왜 엄마가 없냐고 물어봐도 아무렇지도 않고 상처받지도 않아. 하지만 아빠가 내가 그 사람 생각을 한다든가, 알고 싶어 한다고 생각하면 싫어.

……지금, 무슨, 생각할까? 무슨 생각을 하는지 공기 움직임 같은 걸로 알 수는 없지만, 무슨 생각을 하는지 몰라도 아빠하고의 침묵은 어색하지 않아. 유키 짱하고 세이 짱 셋이 있을 때면, 누군가는 반드시 이야기를 하니까 침묵 같은 건 있을 수 없지만, 만약 단 둘이 있는데 아무 말도 안 한다면 솔직히 상당히 어색할 거 같아.

빗줄기가 조금 가늘어져, 소녀는 침묵에 귀를 기울였다. 서로를 이해하는 사람들만이 공유할 수 있는, 한없이 조용하고 한없이 평온한 얕은 바다의 모래사장 같은 침묵이다. 소녀는 침묵을 통해 아빠의 감정이 전해지는 것을 느꼈다……슬픔……고통에 가까운 슬픔……현이 끊어져도, 한동안은 소리가 퍼지는 콘트라베이스 같은? 무슨 말인가를 해주고 싶다고 느끼는 순간, 아빠의 쉰 목소리가 들렸다.

"자니?"

"아니."

"졸리니?"

"아니."

"……처음……엄마랑 만났을 때도 비가 왔었다. 오늘 같은 비였지만, 둘 다 우산이 없었어.

3월 10일, 중학교에서는 졸업식 노래인 『석별의 정』과 교가를 연습하고 있었고, 모두들 기념으로 공책이나 도화지 같은 걸 돌리며 메시지를 적거나 사진을 찍기도 하고, 여자애들은 금방이라도 울 것 같은 얼굴을 했지만, 아빠는 전혀 그런 감상적인 기분이 들지 않아 혼자서 시큰둥해 있었다. 홈룸 시간이 끝나면 잽싸게 집으로 가야지 하는 마음에, 신발을 갈아 신고 나오는데 나오자마자 쏴……교실 사물함에 접이우산이 있기는 했지만, 다시 가서 친구들 얼굴을 대하기가 성가셨어.

비를 맞으며 걷고 있는데, 공원 입구에 있는 공중전화 박스에서……그때는 아직 핸드폰 같은 게 보급되지 않아서 지금보다 전화 박스가 많았단다……전화 박스 안에서 여자가 울고 있었다……훌쩍훌쩍 혹은 흑흑 하고 우는 게 아니라 전화 박스 밖으로 울음 소리가 샐 정도로……그렇게 큰 소리로 우는 사람을 나는 태어나서 처음 봤다……걸음을 멈추고……내가 있는 걸 여자가 알아차릴 때까지, 난 비를 맞고 서 있었지……여자한테는 사귀던 사람이 있었다……아내와 아이가 있는 사람이었어……전화로 헤어지자는 이야기를 하고……둘이서 근처 다방으로 갔다……나는 비를 뚝뚝……여자는 눈물을 뚝뚝……손님들과 점원이 이상한 사람들이라 생각했겠지……하지만 이야기를 하고……또 하고……더 알고 싶었다……더……모든 걸……알고 싶었다……이해하고 싶었다."

다음 말을 기다리는 사이에 빗줄기가 굵어져, 빗소리밖에 들리지 않게 되었다. 소녀는 고개를 돌렸다. 숨소리가 들리지 않는다. 입술도 눈꺼풀도 움직이질 않아. 자는 체하나? 자고 있는 거지?

소녀는 고개를 똑바로 하고, 어둠을 향해 눈과 귀를 열었다. 빗소리가 돌아다니는 것 같아. 돌아다니며 불안과 공포를 뿌리고 다니는……

무서워.

자기 싫어.

비, 더 많이 온다.

불안.

소녀는 6학년 3반 교실 창밖으로 몸을 내밀었다. 이렇게 하면 아이들이 떠드는 소리로부터 멀어질 수 있다. 왕따를 당하는 것도 아니고, 친구들 이야기가 시시하다거나 한심스러운 것도 아니다. 자꾸만 자꾸만 소리가 들려와서, 누가 무슨 이야기를 하는지 알 수 없게 되면, 위아래 입술이 나무젓가락처럼 붙어버려, 더 이상 응, 뭐? 정말! 하는 대꾸조차 할 수가 없어진다. 게다가 이런 분위기는 약간, 아니 상당히 어색하다. 다들 엄마 아빠 눈을 의식하면서 살금살금, 수군수군, 킥킥거리는 분위기. 난, 비밀 이야기 별로 안 좋아해. 아빠는 늘 입 밖으로 이야기할 거면 상대방이 알 수 있도록 정확하게 하라고 했단

말야, 둘만 알아야 하는 비밀이라면 문자 같은 걸로 보내면 되잖아? 말로 하는 순간 이미 비밀이 아니게 되는 거니까. 절대 비밀이다, 다른 사람한테 말하면 안 돼, 하면서 점점 퍼져 가는 걸. 특히 여자아이들은 입이 가벼워, 짱─가벼워.

창으로 불어오는 바람이, 목소리를 낮추고 재잘대는 아이들 책상 위의 교과서와 공책을 넘겼다. 머리카락이 소녀의 눈을 가려, 소녀는 한발 뒤로 물러나 교실 뒷문을 바라보았다. 아빠, 언제 올까. 이제 1시간만 있으면 끝나는데! 하지만 온다고 했을 땐 반드시 오는 사람이야, 아빠. 못 지킬 약속은 안 하고, 약속을 했으면 꼭 지키는걸. 그렇지만 마지막 수업 시간에 오다니, 그건 너무한 거 아니야. 난 아침부터 쭉─기다렸는데. 작년 크리스마스 때 아빠가 사준 『아라비안나이트』를 보면 마법에 걸려 바다 밑 항아리 속에 갇힌 대마왕 이야기가 있잖아. 처음에는 '나를 구해주는 사람이 있으면 땅 위의 보물창고를 열어주마.' 하다가 400년이 지나자, '나를 구해주는 사람이 있으면 세 가지 소원을 들어주마.' 하면서 제법 톤이 떨어지지. 하지만 항아리가 어부의 그물에 걸린 건 1800년이나 지난 다음이었어. 그 사이에 '나를 구해주는 사람이 있으면 그 녀석을 죽여버리겠어.' 하고 생각이 180도 바뀌잖아. 대마왕이 자기를 구해준 어부에게 말하지. '오오, 내 구세주여. 각오하거라!' 1년 전에 읽었을 때는, 뭐? 이런 게 어딨어 하는 마음이었지만, 지금은 알 것 같아……그 마음을 알 것 같다고. 1800년이나 바다 밑 항아리 속에 갇혀 있었다잖아? 나는 아침 8시 반부터 3시 반까지 1, 2, 3, 4……7시간 기다렸으니 거기에 비하면 아무것도 아니지만, 그렇지만 아빠 정말 사람을 기다리게 한다니까. 지난번엔 열두 살밖에 안 된 딸을 아파트에 2주 동안이나 혼자 내버려뒀잖아……그때에 비하면 아무것도 아닌가……아무것도 아니지……그렇게 멀리 떨어져 있는 것도 아니고, 올 거야, 아빠 와, 온다고, 절대로, 온다, 온다, 온다…….

띠―라―루―라―루루라루루랄―라―라―, 『꿈 뒤에』다, 어떡해! 진동으로 안 했나 봐! 소녀는 가방 쪽으로 달려갔다……끊겼다……어?……착신 기록이 없다. 소녀는 살며시 반 아이들 얼굴을 살펴보았다. 울렸지? 하고 물었다가, 안 울렸다고 하면, 머리가 이상하다고 생각할지도 모르고, 전에도 한 번 있었잖아? 강에 버려진 자전거를 보고 있는데 어쩐지 날개처럼 둥실둥실 떠오르더니, 빙글빙글 빙그르르 하고 구덩이 속으로 떨어지는 것 같던……그때도…….

소녀는 다시 창가로 다가가 교정을 내려다보았다. 띄엄띄엄 학부형 모습이 보였지만, 소녀의 아빠는 아니다. 아빠는 아무리 멀리서 봐도 한눈에 알아볼 수가 있어. 걷는 모습이 특이하거든. 새우등은 아니고, 걸음은 빠른데 뭔가 무거운 걸 등에 지고 있는 것처럼 보여…….

소녀는 운동장 옆에 있는 풀장으로 눈을 돌렸다. 이번 주 목요일엔 수영 시간이 있다. 아침 뉴스에서 이제 곧 장마도 끝난다고 했지……바람이 잔물결을 일으키자 파란 풀장 바닥에 그려진 하얀 선들이 흔들흔들……예쁘다……예쁘다……난, 물안경 안 쓰고 저 선을 보면서, 팔하고 다리를 쭉 뻗고 잠수하는 게 좋아……하얀 라인과 하나가 되는 것 같다고나 할까……아, 덥다, 빨리 수영하고 싶어…….

수업 시작 5분 전을 알리는 예비종이 울렸다. 소녀는 앞에서 세 번째 창가의 자기 자리로 가 책상 속에서 교과서와 공책, 필통과 책받침을 꺼냈다.

『국어 6학년(상) 창조』 표지는 하얀 모자를 쓴 남자가 커다란 지구를 안고 언덕 위에 있는 등대를 향해 가고 있는 그림. 등대 앞에는 파란 블라우스와 하얀 치마를 입은 여자가 오른손을 들고 기다리고 있다. 하늘은 맑고 갈매기가 날고 있다. 주의 깊게 본 적이 없어 몰랐는데, 이 남자, 신발을 안 신었다. 이 하얀 건 분명 양말이겠지? 신발 그리는 걸 잊어버렸나? 일부러? 양말만 신을 거면 맨발인 게 나을 텐데. 게다가, 남자가 양말만 신은 모습은 좀 맹해 보이지 않나? 아빠는 트레킹슈즈

신을 때는 털실로 된 두꺼운 양말을 신지만, 집에 오면 금방 벗어버리고 한겨울에 눈이 와도 항상 맨발인데.

딩동댕, 딩동댕, 6교시 수업 시간을 알리는 종이 울렸다.

앞문이 열리고 담임인 후지와라 선생님이 커다란 슬라이드 사진을 안고 들어왔다.

교단 위에 사진을 올려놓고, 선생님이 허리를 쭉 폈다.

당번인 다도코로 후우코가 호령을 붙인다.

"기립!"

학생들이 자리에서 일어난다.

"경례!"

아이들이 선생님께 인사를 한다.

"착석!"

소녀는 자리에 앉으며 치마를 펴는 척하고 뒤를 돌아보았다. 왔다! 아빠다! 학부형들 사이로 소녀의 아빠 얼굴이 보이고, 소녀와 눈이 마주치는 순간 아빠가 윙크를 했다. 소녀도 윙크를 해 보이고, 분필 소리가 나는 칠판을 바라보았다.

【야마나시】 낭독회▪

게 형제가 된 마음으로 읽어보자.

어떤 풍경들이 보일까?

어떤 마음일까?

"오늘은 수업 참관일이라 부모님들이 오셔서 조금 긴장했지만, 이제 슬슬 그 긴장의 끈이 늦춰질 때인 것 같아요. 이제 45분이면 끝나니까, 다들 집중!" 선생님은 손에 묻은 분필가루를 탁탁 커다란 소리를 내며 털었다.

소녀는 더 이상 뒤를 돌아보지 않았다. 아빠의 시선을 등 뒤로 느끼며 가볍게 심호흡을 하고, 선생님 얼굴을 보았다.

"어제는 이 계류 바닥의 사진을 보고, 여러분이 생각하고 느낀 점을 발표한 다음, '그람본'이 무슨 뜻일까 생각해보는 데까지 했지요. 글짓기 숙제는 수업이 끝난 다음에 내주세요. 오늘은 다음 진도를 나가지요. 교과서 66쪽. 어제 이야기한 대로 오늘은 조를 나누어서 낭독하기로 해요. 그럼 먼저 읽고 싶은 조는?"

일제히 손이 올라갔지만, 선생님과 눈이 맞은 건 소녀 혼자였다.

"그럼, 사쿠라이 조."

■ 미야자와 겐지(1896~1933)의 단편동화. 계류 밑에 사는 게 형제가 바라본 생물들의 세계를 그림. 본문에 나오는 '그람본'이 무엇을 가리키는지 불분명해, 학자들에 따라 의견이 분분하다.

소녀의 조 아이들이 의자에서 일어나 교과서를 들었다.

"야마나시, 미야자와 겐지."

창가 맨 앞줄부터 순서대로 낭독을 시작했다. 소녀는 세 번째다. 아, 너무 떨려, 못 읽는 한자가 있으면 어떡하지, 어제 예습을 했으니까 괜찮겠지만……괜찮아, 괜찮다니까! 아빠가 들을 수 있도록 큰 소리로 읽어야지.

윗부분과 옆 부분이 파랗고 어두운 게 강철처럼 보입니다. 그 매끄러운 천장에서 방울방울 까만 거품이 흘러나옵니다.

"그람본은 웃고 있었어."

"그람본은 컥컥 웃었어."

"그렇다면, 그람본은 왜 웃었어?"

"몰라."

"좋아요, 거기까지. 분위기가 재미있어 좋았지요? 그럼 다음 단락은……."

다시 일제히 손이 올라갔고, 소녀는 붉힌 고개를 숙이고 파란 삽화 속의 반짝이는 거품을 바라보며 목까지 올라온 심장의 두근거림을 공기와 함께 꿀꺽 삼켰다.

벨이 울리고 아침부터 14번째 기립, 경례, 인사, 착석을 마친 뒤, 소녀는 뒤를 돌아보았다. 교실 뒤를 오른쪽에서 왼쪽, 왼쪽에서 오른쪽으로 보고, 다시 한 번 오른쪽에서 왼쪽으로 살펴보았지만, 아빠가 보이지 않았다.

말도 안 돼! 왜! 왜 가버린 거야! 소녀는 가방에서 핸드폰을 꺼내 메시지가 있나 확인해보았다. 없다. 아무것도 없다. 메시지도 안 남기고 가버리다니, 너무한 거 아니야? 언제 간 거지? 내가 손을 들고, 선생님이 시켜서 '그람본' 대사를 읽은 다음에? 넋이 나간 소녀는 핸드폰에 붙인 피카추 연속 스티커 사진의 첫 컷을 보다가 속으로 비명을 질렀다. 아빠 사진이 없다! 어떻게 된 거야? 뭐야, 이게? 같이 찍었잖아. 네 컷 전부 다는 못 붙이니까, "왓, 메리푸다!! 찌리리리리……."의 마지막 컷만 가위로 잘라……딴 때는 포커페이스인 아빠가 "메리푸가 뭔데?" 하면서 입을 멍하게 벌린 순간이어서, 엄청 웃긴 얼굴이었는데……말도 안 돼…….

소녀는 홈룸 시간 내내 무릎 위에 올려놓은 핸드폰을 바라보았다. 그날, 아빠랑 같이 토요초에 있는 분쿄당에 가서, 109-②에 있는 나르미야 엔젤블루에 갔다가, 중앙로 한가운데 있는 게임센터에서 DDR 하고, 이 스티커 사진을……지난주 일요일……맞아, 여기 날짜까지 찍혀 있잖아…….

이름 아메 2004년 7월 4일

홈룸이 끝나고 선생님이 교실에서 나가자, 아이들은 책상 속에서 책과 공책 등을 꺼내 가방에 넣고 쑥스러운 마음을 감추기 위해 묘하게 얼굴에 힘을 주고는, 교실 뒤 게시판의 수채화나 계산드릴 막대그래프를 보고 있는 엄마나 아빠 곁으로 다가갔다.

소녀가 가방을 메고 교실을 나서려 하자, 2학년 때부터 같은 반이었던 사카구치 마요가 소녀를 불렀다.

"우리 몬젠나카초에 있는 중국집 바미얀에 가서 저녁 먹을 건데, 엄마가 아메도 같이 가자고 그래서, 어때?"

"어떻긴……난 괜찮아."

"야—, 같이 가자."

"아니야."

키가 110센티미터 정도밖에 안 되는 마요가 발꿈치를 들고 귀엣말을 했다.

"우리 엄마 아빠, 어저께 부부싸움해서 지금 분위기가 그렇거든. 부탁이야, 같이 가자!"

소녀는 가능한 한 실내화 소리가 나지 않도록 조용히 세 사람 뒤를 따라 계단을 내려갔다.

"아메, 대단하더라. 몇 번이나 손을 들던걸." 마요 아빠가 생각났다는 듯이 뒤를 돌아보고는 과장되게 양 눈썹을 치켜 올렸다.

"아메는 전 과목이 다 '수'야." 뾰족이 내미는 마요의 입술도 과장되었다.

"가정은 '양'이야." 아메가 작은 소리로 말했다.

"가정뿐이잖아."

"마요도 열심히 해야지." 엄마만이 뒤를 돌아보지 않고 말했다.

"한계란 게 있지. 엄마 아빠 딸인데." 마요는 오른손으로는 아빠 손을, 왼손으로는 엄마 손을 잡고 줄넘기를 하듯이 크게 흔들었다.

소녀가 신발장 앞에 서서 실내화를 분홍색 운동화로 갈아신는데, 현관 입구에서 학생주임 선생님이 책상에 붙여두었던 '접수처' 종이를 떼고 있는 것이 보였다. 소녀는 신발 끈을 묶다 말고 책상 앞으로 달려갔다.

"죄송한데요, 아빠가 오셨었는지 확인해도 될까요?"

"그러렴."

소녀는 출결표를 넘겨 6학년 3반을 펼친 다음, 사쿠라이 아메를 찾았다. 38명 중 한 명만 ○이 표시되어 있지 않았다.

"왜?" 마요가 옆으로 다가왔다.

"감사합니다." 소녀는 명부를 덮고 선생님께 웃으며 인사를 했다.

"아메 아빠는?"

"……웅."

"안 오셨지."

"왔었어. 국어 시간에."

"웅? 어디쯤 계셨는데?"

"창 쪽……사물함 앞에…….."

"어? 내 자리 제일 뒤잖아? 안 계셨는데. 아메네 아빠는 멋있어서 금방 눈에 띄잖아. 그치, 엄마, 아메네 아빠, 못 봤지?"

"안 오신 거, 같은데……." 마요 엄마가 난처한 표정으로 남편에게 얼굴을 돌렸다.

"아……웅……난 운동회 때 잠깐 인사를 나눈 것뿐이라 기억이……선생님이 마요를 시켰는데 대답 못하면 어떡하나 하고 긴장이 돼서." 마요 아빠가 어색하게 웃어 보였다.

소녀는 머릿속으로 눈을 깜빡이며, 윙크했던 눈을 떠올렸다. 하지만 그건 아빠였어. 분명히, 확실히 아빠였다고. 아빠가 아니면 누가 나한테 윙크를 하겠어? 마요하고 마요네 엄마 아빠가 아빠를 몰라볼 순 있어도, 내가 아빠를 몰라보는 일은 절대로 있을 수 없어! 우리 아빠니까!

소녀는 7월의 일요일 교정에 길게 늘어진 아이들과 학부모의 그림자를 보았다. 마요의 양손을 엄마와 아빠가 꼭 잡고 있다. 거짓말쟁이. 분위기가 뭐가 어떻다고. 다 같이 나를 동정했던 거네? 아메, 혼자 불쌍하니까 같이 가자고 하렴, 하고. 세 사람 그림자를 밟지 않도록 오른쪽으로 피하려다가, 다른 아이와 부모 그림자를 밟았다. 소녀는 그림자들을 피해서 발 빠르게 마요의 빨간 책가방 쪽으로 다가갔다.

"미안! 지금 아빠한테 문자가 왔는데, 저녁 준비하고 기다리나 봐. 정말 미안해. 집에 가볼게."

"그래? 아니야, 괜찮아."

소녀는 세 사람을 앞지른 다음, 미소를 지으며 돌아보았다.

"내일은 학교 안 와도 되지?"

"응, 오늘 왔으니까. 안녕."

"안녕."

소녀는 손을 흔들며 달려갔다. 빨리 교문을 벗어나고 싶었다. 학교에서 멀어지고 싶었다. 하지만 집에는 가고 싶지 않았다. 돌아갈 곳이, 아무 데도 없다. 소녀는 달렸다. 헉헉헉……아무한테도 보이고 싶지 않아……헉헉……아무도 보고 싶지 않아……아빠도……헉헉헉……나도……헉헉헉헉헉……없어졌으면 좋겠어……지금……헉헉헉……사라져버렸으면…….

소녀는 발을 끌며 걸었다. 도쿄 역 유명 상점가에 있는 스누피타운 미니에 가서 색색으로 수를 놓거나 프린트된 손수건을 보기도 하고, 더바디숍에 들어가 갖고 싶지도 않은 비누나 샴푸 냄새를 하나하나 맡아보기도 하고, 그래도 집에 갈 마음이 내키지 않아 서점에 들어가 책꽂이 사이를 돌아다녔지만, 꽂힌 책들이 일제히 꺼내봐! 펼쳐봐! 읽어줘! 하고 호소하는 것 같아 고개를 숙이고 밖으로 나왔다.

소녀가 기바 역 A1 출구로 나왔다. 어느새 기울기 시작한 햇살이 얼굴을 비추는 순간, 혼자다, 라는 생각이 가슴을 저몄다. 핸드폰을 꺼내보았지만, 문자도 착신 기록도 없다. 왜 문자도 안 보내는 거야? 내가 걱정도 안 돼? 어째서 내 주변엔 이상한 일만 일어나는데? 어쩌면 내 주변이 이상한 게 아니라, 내가 이상한 건가? 아빠는 학교에 오지 않았고, 스티커 사진에도 없었고, 처음부터 사진 같은 거 안 찍었다고 하면—.

소녀는 혼자 찍힌 피카추 스티커 사진에서 눈을 돌려, 디즈니랜드에 갔을 때 아빠가 사준 미키와 도널드 핸드폰 줄을 움켜쥐었다. 손바닥에 자국이 생길 정도로 세게—.

중국집 쇼원도에 진열된 먼지 쌓인 면류와 만두, 볶음밥 모

99

형······소녀의 배에서 꼬르륵 소리가 났는데, 너무 큰 소리여서 조금 웃음이 나왔다. 볶음밥 먹고 싶어! 지금, 여기서, 아빠가 만든 볶음밥을 먹을 수 있다면, 모든 걸 리셋할 수 있을지도 몰라. 아빠가 만든 볶음밥과 스파게티는 정말 끝내주니까, 빠르고 맛있고 싸기로 유명한 키친 SAKURAI입니다, 하는 농담할 때가 아니고, 심각하게 직업을 바꿀지 생각해볼 필요가 있어. 나로서는 언제든지 대환영이지요. 곤충사진가란 힘들고 위험한 일에 비하면 전혀 돈이 되지 않는 데다, 대단한 사진을 찍었다는 사람들도 보면 약사나 선생님, 목수 같은 사람도 많으니까. 오로지 이 길로만 가고 싶어 하는 아빠의 미학을 모르는 건 아니지만, 딸 입장에서는 직업이 아니라 취미 정도로 해줬으면 좋겠어. 키친 SAKURAI를 개업한다면, 나, 시간당 300엔에 영구 취직해도 상관없다고······미네스트로네, 포토후, 멕시코의 칠리콘카르네, 타이식 당면 샐러드, 베트남쌀국수, 산채볶음밥, 그리고 '오늘의 런치'는 꼭 해야지. 스파게티 반, 볶음밥 반 메뉴는 어때? 아아, 배고파! 배가 고픈 게 당연하지, 늦잠 자는 바람에 아침엔 콘플레이크밖에 못 먹었는걸.

소녀는 콘크리트 벽과 담 사이에 끼어 있는 나무 앞으로 가 발을 멈췄다. 미안, 이름, 아직 생각 못했어. 아빠가 돌아온 다음부터 일이 좀 많아서······손을 데어서 보험증을 찾아봤더니,

아빠하고 내가 16살밖에 차이가 안 나고, 나를 낳은 츠키에란 사람이 아빠보다 11살이나 위인 걸 알았어……그리고……왠지 모든 게 어긋났다고 해야 하나, 이상해……핸드폰도, 현관 열쇠랑 체인도, 옆집에 사는 여자도, 내 눈도, 귀도, 머리도……미안, 내 얘기만 해서……나만 괴로운 게 아닌데……저기, 네 얘기도 들려줘……소녀는 양손을 주머니에 넣고 이마를 가지에 갖다 댔다.

"이름, 사실은 열 개까지 후보를 줄였어, 잠깐 귀 좀 대봐……." 소녀는 나무한테만 들릴 정도의 작은 소리로 이름을 속삭였다.

"어떤 이름이 좋니? 다시 한 번 말해볼 테니까 괜찮다고 생각되는 게 있으면 잎을 움직여봐."

소녀는 얼굴을 들었다. 가지치기를 했다고 하기에는 너무했다 싶을 정도로 굵은 밑동이 잘려나갔지만, 잘린 밑동에서 새 잎이 돋고 있었다. 소녀가 입술을 움직이는데, 손수레에 슈퍼마켓 비닐 봉투를 잔뜩 매단 주부가 지나가다 이상한 눈빛을 던졌다. 소녀는 나무에서 떨어져 걷기 시작했다. 센세키 2동 모퉁이를 돌아, 눈을 감고도 갈 수 있는 계단을 올라 아파트 입구에 들어섰다.

아파트 현관 입구에 열쇠를 꽂고 로비로 들어가려는데,

"잠깐만."

등 뒤에서 누가 불렀다.

깜짝 놀라 뒤를 돌아보니, 처음 보는 남자가 손이 닿을 정도로 바짝 붙어 서 있다.

"여기 사니?"

"……"

"몇 층?"

"……"

남자가 모스그린의 폴로셔츠 주머니에서 사진을 꺼냈다. 바닷가에서 찍은 스냅사진으로 한 사람은 이 남자, 그리고 또 한 사람은—, 소녀는 시선과 숨을 멈췄다.

"이 여자 본 적 없니? 내 친군데, 벌써 2주째 연락이 안 돼서. 회사에도 안 나온다고 하고……실은 집 열쇠를 갖고 있긴 한데, 내가 허락 없이 들어가는 걸 싫어하거든……아니, 아무 일 없으면 괜찮은데……1년에 한 번 정도는 모든 게 싫어져서, 아무한테도 말 안 하고 갑자기 혼자서 여행을 가버리는 사람이라, 이번에도 그런 거라 생각은 하지만……핸드폰도 안 되고, 메일을 보내도 답장이 없고……."

역시, 옆집 여자다. 이 남자는 분명히 애인이고—, 하지만 이상하지? 그 여자는 집에 있는데. 인터폰을 누르면 될 텐데. 뭐

102

야? 흥신소 같은 데서 나온 사람 같지는 않고……스토커? 사귀
다가 차인 다음에 스토커가 됐나? 위험한데…….

"죄송해요, 지금 바빠요." 소녀는 자동문에 키를 꽂아 돌리
고, 얼른 문을 빠져나갔다. 엘리베이터 버튼을 누른 뒤, 다시
한 번 뒤를 돌아보았다.

남자가 유리문 저편에서 골똘한 표정을 하고 있다. 머리가
좀 이상한지도 몰라, 나처럼……아니면 내 머리가 이상하니
까, 보통 사람들도 이상해 보이나?

엘리베이터 문이 열린 순간, 콘트라베이스 소리가 한기처럼
울려 소녀는 몸을 떨었다. 『꿈 뒤에』다. 왜 문자도 안 보내고,
콘트라베이스를 켜고 있는 건데? 말도 안 돼! 아빠, 나빠!

소녀는 초인종을 누르지 않고 집으로 들어가, 어슴푸레한
복도를 지나 콘트라베이스를 켜고 있는 아빠 등을 겨냥해 책
가방을 던졌다.

책가방이 뒤판을 치는 바람에 콘트라베이스가 빙글 돌더니
바닥에 쓰러졌다. 팽팽했던 현이 순간적으로 헐거워지며 커다
란 소리를 냈다.

아빠가 넘어진 악기를 감싸듯이 안으며 뒤를 돌아보았다.

"왜 중간에 가버렸는데!"

소녀가 씩씩거렸다.

아빠는 아무 말도 없이 소녀의 얼굴을 들여다보고 있다가 뭔가 이야기하고 싶은 듯한, 슬픈 듯한 표정으로―.

어?

우는 거야?

정말?

방이 어두워 표정을 읽을 수는 없었다.

시선을 돌린 건 아빠 쪽이었다.

베란다 쪽으로―.

레이스 커튼 너머로 그림자가 보였다.

아빠가 콘트라베이스를 바닥에 내려놓더니 베란다 문을 열었다.

옆집 여자다.

"괜찮니? 어머, 죄송해요. 아빠가 계셨군요. 저, 그러니까, 따님이 손을 데었을 때, 벽을 노크하면 SOS란 뜻이라고 해놔서……꽝 하는 소리가 났죠? 놀라서 베란다로 실례를 했네요……괜찮으세요?"

여자는 두 사람의 얼굴을 번갈아 봤지만, 두 사람은 여자를 보지 않았다.

여자가 바닥에 떨어진 콘트라베이스 브리지를 주웠다.

"……저기……지난번에 여쭤보는 걸 잊어버렸습니다. 성함이?" 아빠가 물었다.

"어머, 말씀드리지 않았던가요? 고야나기 아키코라고 해요."

여자의 이름을 듣고 소녀는 기억을 떠올렸다. 손을 데는 바람에 경황이 없어 아빠한테 말하는 걸 잊어버리고 있었다.

"두 분 성함은 우체통에 써 있어서 알고 있어요. 사쿠라이 아사하레 씨하고 사쿠라이 아메 씨. 저희 집은 여자가 혼자 사는 걸 들킬까 봐 일부러 이름을 안 써놨어요. 여자가 어색한 침묵을 빠른 말로 채워갔다.

"토모하루." 소녀가 고개를 숙인 채 중얼거렸다.

"토모하루?"

"아사하레가 아니고, 토모하루라고 합니다." 아빠도 고개를 숙인 채다.

"어머, 죄송해요. 하지만 그렇게 읽는 사람 별로 없겠네요. 두 분 모두 소리로 듣는 것보다 한자로 보는 게 훨씬 더 멋진 이름이세요. 정말 멋져요. 부부신 줄 알았어요. '맑음'과 '비' 잖아요? 이름만 봐도 천생연분이란 생각이 들잖아요? 하지만 제가 맘대로 상상한 거였네요. '맑은 아침'과 '비'는 왠지 부부일 것 같은 이미지거든요. 부부 잔, 부부 바위, 부부 소나무, 부부 창문, 부부 묘……." 여자는 얼굴 가득 화사하면서도 어딘가 그늘진 미소를 띠었다.

소녀는 넋을 놓고 여자 얼굴을 바라보았다. 빠른 말로 이야기를 하는데도 조용한 느낌이 드는 건 왜일까? 입술이 작아 거의 움직이지 않는 것처럼 보여서? 하지만 목소리의 영향도 클걸, 너무 예쁜 목소리다. 구슬을 굴리는 것 같은 목소리란 분명히 이런 목소리일 거야. 그리고 지난번에는 잘 몰랐는데, 예쁘다……정말 예뻐……옛날이야기에 나오는 설녀雪女나 두루미가 여자로 변한다면 이런 여자가 아닐까…….

"불 켤게요." 여자는 주운 브리지를 오른손에 들고 왼손으로 스위치를 눌렀다.

불이 들어오는 순간, 왼손 약지에 푸른빛이 돌았다. 소녀는 백열등 밑에서 여자의 손가락을 보았다. 커다란 파란 돌……사파이어는 아니지……블루다이아?……아! 아까 그 남자랑 같은 반지다! 사진을 들고 있던 손은……왼손이었어. 두 사람 다 왼손 약지에 반지를 끼고 있다는 건 약혼반지란 걸까? 남자가 싫어졌다면 뺐겠지, 보통은. 싫지 않다는 건, 뭐야, 스토커 아니었잖아. 그럼, 뭐지? 사랑 싸움? 그러고 보니, 아빠는 반지를 어떻게 했을까? 같이 살았을 때는 끼고 있었겠지? 언제부터 뺐을까? 없어지고 나서 1년? 2년? 3년? 버렸나? 아니면 어딘가에 넣어뒀을까?

106

소녀는 어떤 반응을 보이는지 보고 싶은, 조금은 심술궂은 충동이 일었다.

"저기……아까……밑에서 이상한 남자가 말을 걸었어……."

"뭐?" 아빠가 놀란 얼굴로 말했다.

"갑자기 여기 사냐고 물어보던데……."

"아까 언제?"

"아까."

"보고 오마."

"그러지 마. 칼 같은 거 들고 있으면 어떡하려고 그래."

"아빠는 불사신이야. 수상한 사람이 있다면 아메가 위험하니까."

"어떤 사람이었는데?" 여자는 비에 젖은 글라디올러스처럼 고개를 갸웃해 보였다.

"음……그렇게 키가 큰 건 아닌데, 어깨 같은 데가 넓어서 다부져 보이고, 얼굴은 좀 까만 편이었어요. 테 없는 안경을 끼고 있었고, 모스그린 폴로셔츠에 베이지색 면바지를 입고 있었지 아마……."

여자의 눈이 동요하기 시작하더니, 입술을 꼭 닫았다.

어머, 어떡하지…….

"저기, 다 같이 사진 찍어요."

소녀 입에서 엉뚱한 말이 튀어나왔지만, 두 사람은 냉큼 그
러자고 했다.

"어라, 웬일일까, 사진 찍기 싫어하는 아메가 오늘은 무슨
바람이 불었지?"

"화장도 안 했지만, 좋아요! 기념으로 찍어요, 무슨 기념인
진 모르겠지만." 여자가 블루다이아몬드 반지를 끼고 있는 왼
손으로 머리카락을 귀 뒤로 넘겼다.

"자, 이렇게 해서, 다 됐다, 셀프타이머!"

셀프타이머 준비를 하고 있는 아빠의 모습을 바라보며 소녀
는 생각했다. 난 날 확인해보고 싶어. 만약에, 찍히지 않았다
면, 지금, 여기서, 이렇게 하고 있는 것 모두가 환상이 되는 거
야. 정말로 환상이라면, 아빠한테 의논해서, 병원에 가는 게 좋
을지도 몰라······정신과······듣기만 해도 이상한······심료내
과······별로 다르지도 않네······.

소녀를 사이에 두고 아빠와 여자가 나란히 섰다. 빨간 램프
가 깜빡였다.

"자一, 치一즈!" 소녀가 환상을 깨기라도 하듯이 커다란 소
리로 말했다.

플래시가 터지고 세 사람 모습이 필름에 찍혔다.

지하철 맨 앞 차량에는 흰색 원피스를 입은 여자와 면티에 청바지 차림의 남자가 나란히 앉아 커브를 돌 때마다 시시덕거린다. 어머, 지금 키스했다. 이쪽에서 보인다는 건 저쪽에서도 보인다는 거잖아? 남자 눈에는 여자밖에 안 보이나 본데, 여자는 분명히 이쪽이 보일 거야. 거봐, 보고 있잖아, 무슨 생각을 하는 거야? 아마 아무 생각도 없겠지……아무 생각도 안 한다는 게, 가능할까? 소녀는 지하철 유리창에 비친 자기 얼굴을 보았다. 왠지 모르지만 우리 집 거울이 더 예뻐 보여. 학교랑 어린이집 화장실에 있는 거울은 그저 그런데, 용서가 안 되는 건 지하철 창이나 문에 비친 내 얼굴. 엄청 못생겨 보이고,

얼굴색도 안 좋아, 차라리 죽는 게 낫겠다는 생각이 들 정도로. 이 빛 때문일까? 이 색깔 맘에 안 들어, 정말 싫어. 어쩌면 제일 싫은 색깔인지도 몰라. 안 보면 되지, 보기 싫은 거는 안 보면 되는 거야, 저 두 사람도, 내 얼굴도……왜 보는데? 보고 싶어? 보기 싫은 것도 보고 싶은 거야? 봐서 어떻게 할 건데?

소녀는 스누피 배낭에서 '후지칼라'라고 쓰인 현상 봉투를 꺼냈다. 아침에 아빠 몰래 필름을 맡겼다. 안에 들어 있는 건 스물일곱 장의 사진……아빠가 찍은 내 사진, 날짜는 6월 12일, 내 열두 번째 생일이다. 아빠가 엔젤블루에서 사준 하늘색 원피스를 입고 웃고 있는 나, 열두 개의 촛불을 끄려고 작은 케이크 위에서 햄스터처럼 볼을 부풀리고 있는 나, 나, 나……아빠는 생일 이럴 사진 찍는 날인지, 잠에서 깨어난 얼굴부터 저녁에 잠든 얼굴까지, 무슨 밀착취재처럼 하루 종일 찰칵찰칵, 사생활이고 뭐고 전혀 없다니까. 소녀는 남은 여섯 장에서 손을 멈췄다. 빨리 현상해서 확인하고 싶은 마음에 남은 필름으로 아침에 마젤란장수제비나비를 찍었다.

소녀는 무거운 머리를 들었다. 지하철 창에 익숙하지 않은 얼굴이 비쳤다. 뭔가 감추고 있는 얼굴이다. 알고 있으면서 모른 척하는 얼굴. 뭘 알고 있는데? 소녀는 다시 고개를 숙였다. 잠옷으로 갈아입고 이를 닦고 있는데 아빠가 사진을 찍어서, 카메라를 노려보고 있는 내 얼굴이다. 소녀는 사진을 뒤로 넘겼다.

　―이게, 뭐야? 불덩이? 소녀는 새빨간 불덩이가 난무하는 사진에 얼굴을 갖다 댔다. 이건, 우리 집 거실이지? 가운데 있는 건 나고? 어젯밤에 찍은 사진······내 왼쪽에는 고야나기 아키코란 사람이 있고, 아빠는 자동타이머를 세트한 다음에 내 오른쪽에······어라, 웬일일까, 사진 찍기 싫어하는 아빠가 오늘은 무슨 바람이 불었지? 화장도 안 했지만, 좋아요! 기념으로 찍어요, 무슨 기념인진 모르겠지만, 자, 치―즈! 내 귀가 이상한 거야? 아님 눈이? 아니야! 이 사진엔 찍혀 있어! 아니, 안 찍혔어! 아아, 머리가 뒤죽박죽이다, 나는 있는데 아빠하고 아키코 씨는 왜 없는 거지? 어떻게 된 거야? 이 빨간 불은 뭐야? 심령사진? 뭐에 홀렸나? 아빠가? 내가? 아키코 씨가? 아니면 우리 집터가? 하지만 놀랐다기보다 역시 하는 느낌이 드는 건 어째서지?

　미―라―시―도―시라도시라라―솔, 시레시―라솔라―라솔파미―파솔파솔라미······착신 멜로디 『꿈 뒤에』가 울려 휴대폰을 꺼내보니 화면에 하늘 사진이 비쳤다가 사라졌다. 아빠다! 하지만 통화권 밖······통화권 밖이야······통화권 밖인데······어둠 속에서 불덩이가 지나간 것 같아, 소녀는 눈을 깜빡였다.

　팔 같은 게 잘려나간 사진은 수호신이 팔 조심하라고 경고 하는 거라지만, 전체가 없어진 건 무슨 뜻이지? 죽음의 위험이 다가온다? 비행기 사고나 테러? 아빠가 다음에 어디 간다고 하면 말리는 게 좋을지도 몰라. 말려도 안 들으면, 이 사진을 보여주는 거야. 그렇지만 그때까지 가지고 있을 거야? 싫어! 절대로 싫어! 악령 같은 게 나타나면 어떡해! 지난번에 유키 짱이 보여준 『관동원념지도關東怨念地圖』란 책에서 읽었어. 흰색은 괜찮지만, 노란색이나 빨간색은 위험하다고, 이건 빨간색이잖아, 빨간 거 맞지? 사진은 절대 집에 가지고 가면 안 되고, 디지털 카메라로 찍었으면 그 자리에서 지워버려야 된다고. 디카로 찍은 게 아닌데 어떻게 해야 되지? 절 같은 데 가서 공양해달라고 하면 얼마나 들까? 만 엔 정도로는 안 되겠지? 태워버릴까……

커브를 돌며 보니, 앞 차량에 있던 커플이……보이지 않는다. 내렸나? 설마? 역이 없었잖아. 아니면 처음부터 안 탔었나? 지하철 유령? 소녀는 핸드폰 뒤에 붙여둔 피카추 스티커 사진을 손톱으로 떼었다. 엄지와 가운뎃손가락으로 떼어낸 스티커를 동그랗게 만 다음, 집게손가락으로 하얗게 남은 접착제를 긁었다. 혼령을 봤을 때는 어떻게 하는 거였더라……아, 맞다, 계속 보는 게 제일 좋지만, 무서워서 못 보겠으면, 두 손을 모으고 큰 소리로 미안하다고 사과한 다음에 빨리 자리를 뜨라고 했지……미안하다고 한 다음에 옆 차량으로 갈까? 하지만 도망치면 안 된다고도 써 있었는데. 혼령은 기본적으로 살아 있는 사람하고 같아서 화를 낸다고……어떻게 할래, 아메…… 정말 난감하네……하지만 이상해……키스하는 유령은 도대 체 뭘 말하려는 거지? 이해는 해도 동정하면 안 된다고도 써 있었어. 동정하면 끌려간다고……끌려간다는 건 어떤 거지? 선로에 뛰어든다든지? 【이해】는 지난번에 사전에서 찾아봐서 알겠는데 【동정】에 대해선 잘 모르겠어. 불쌍하게 생각하는 걸까? 좀 다른 거 같아. 아아, 이럴 때를 대비해 전자사전이 있 으면 좋겠어. 국어사전을 들고 다닐 수는 없으니까. 생일은 금 방 지났고, 크리스마스에…….

기바 역 A1 출구 계단을 오르자, 남쪽 하늘에 달이 떠 있었 다. 칼로 자른 것 같은 반달이다. 아스팔트가 까맣게 젖어 있 다. 지금 온 거야? 지하철 타고 있던 사이에? 소나기구나. 귓속 에서 소나기 오는 소리가 들리는 것 같다. 쏴―쏴―쏴―쏴― 하지만 이건 내 귓속에서 울리는 건가? 지하철 소리? 생각 안 할래, 아무 생각도 하기 싫어, 난, 이미, 찰 때까지 다 찼으니까, 무슨 소리든 상관없어, 쏴―쏴―쏴―쏴―, 한 번 더 내려봐! 쏴―쏴―쏴―쏴―, 있는 대로 다 적시고 깨끗이 씻어 가버려! 막이 내리듯이, 쏴―쏴―쏴―쏴―, 슬픔도 두려움도 불안도

113

쓸쓸함도 모두 다 끝내고 쏴―쏴―쏴―쏴―쏴―.

고인 빗물을 피해 건너려는 순간, ELT의 『NECESSARY』가 울렸다. 호쿠토다. 소녀는 물웅덩이 옆에 멈춰서 핸드폰 화면을 보았다. 분홍색 피그렛이 숲속 움막에 편지를 배달하러 왔다.

> 평일인데 학교를 안 가니까 너무 좋아. 큰 이익인 것
> 같아―☺
> 아메, 뭐 하고 있냐?
> 용건은 그게 아니고, 내일 학교 끝나고 시간 있냐?
> 잠깐 할 얘기가 있는데 m(_)m

할 얘기가 뭐지? 뭔 일 있나? 뭔 일은 뭐지? 좋은 일? 나쁜 일? 나, 무슨 말 했었나? 아무것도 안 했지? 어제는 호쿠토한테 전혀 눈이 가질 않았다. 호쿠토 자리가 오른쪽 뒤라 뒤돌아볼 때마다 반드시 눈을 마주치는데, 어제는 순수하게 아빠가 오나 안 오나에만 정신이 팔려서. 응? 이럴 때 【순수】란 말을 쓰던가? 아―, 크리스마스 선물은 반드시 전자사전 사달라고 해야지! 소녀는 걸음을 옮기며 답장을 썼다.

> 정말, 초 우월감 느끼지(^0^)

내일 괜찮아—

좋은 일이야?

수업 끝나고 교실에서 기다릴게(^_-)

　문자를 보낸다. 숲속에서 아기 곰 푸가 화살을 쏘는 모습을
보자, 가슴이 두근거리기 시작했다. 호쿠토하고 단 둘이서 이
야기하는 건 처음이다. 초긴장이 된다. 뭐지, 뭐지, 응? 무슨 일
일까! 혹시, 혹시? 다른 때 같으면 깡충깡충 뛸 정도로 기쁠 텐
데, 지금은 그럴 마음이 아니야, 하지만 그래도 좋다! 내일 뭐
입고 가지? 메조피아노 파카에다 폰포네트에서 산 주름치마,
그리고 머리는 하나로 묶어야지……음—, 그래 역시 묶는 게
좋아! 결정했다!

　소녀는 역을 등지고 걷다 세 번째 큰길에서 기바공원 쪽으
로 돌아, 4동 신호에서 오른쪽으로 꺾고, 해바라기보육원과 새
싹어린이집 놀이터의 미끄럼대가 빗물로 반짝이는 걸 곁눈으
로 보았다.

　"저기……."

　소리가 들린 쪽으로 뒤돌아보자, 여자가 서 있다.

　"사쿠라이 아메니?"

　응? 누구? 모르는 사람? 아니, 어디선가 본 적이 있어. 소녀

머릿속에 한 장의 사진이 떠올랐다.

"잠깐 이야기 좀 했으면 하는데."

소녀는 여자의 커다란 배를 보았다.

임신했다.

"……맘대로 결석하면 안 돼요."

"그럼, 내가 말씀드리고 올게."

"아니요, 제가 해요."

소녀는 어린이집 문을 열려다 그만두었다. 설명하기도 싫고, 거짓말하기도 싫었다. 오늘은 학교를 안 가도 되는 날이어서 아빠랑 놀러갔다고 하면 되겠지. 어린이집에서 아빠한테 전화를 하면? 그때야, 거짓말하면 돼, 아빠가 상처받지 않을 거짓말로ㅡ.

소녀는 잰걸음으로 모퉁이를 돌아, 큰길을 두 번 건넜다. 임신한 사람한테는 걸음이 너무 빠른지 모르겠다는 생각도 했지만, 뒤돌아보기 싫었고, 천천히 걸으면서 어깨를 나란히 하는 것도 싫었다.

소녀는 아파트 근처 놀이터로 갔다.

모래밭에는 이제 겨우 걷기 시작한 여자아이 둘이 플라스틱 삽과 양동이를 가지고 놀고 있고, 벤치에는 유모차를 앞에 두고 젊은 엄마들이 이야기를 나누고 있다. 조금 떨어진 벤치에서는 할머니가 식빵을 뜯어 비둘기들에게 던져주고 있다. 발밑에 이십여 마리, 무릎과 어깨, 머리 위에도 비둘기가 앉아 재촉이라도 하듯 가끔 날갯짓을 한다.

소녀는 공원 한가운데 있는 정글짐 앞에서 발을 멈추고, 발밑에 시선을 고정시켰다. 머리 위로 웃음 소리가 퍼지고, 동물 우리 같은 그림자에 남자아이들 그림자가 매달려 있는 것이 보였다. 7월 중순의 얼마 남지 않은 햇살이 벌꿀색을 하고 나무와 집들과 사람들을 달콤하고 부드럽게 비췄지만, 소녀의 눈에는 모든 것이 기울어 침몰하는 것처럼 보였다.

"미안하다……용서하렴."

소녀는 크고 강한 침묵 속에서 자신의 귀가 여자를 향해 서서히 열리는 것을 느꼈다……코를 훌쩍이는 소리……울고 있다…….

"정말 보고 싶었단다……하루도 잊은 적이 없어……."

몸도 마음도 지쳐, 모든 감각이 아득히 멀어져갔다. 문득 죽는다는 건 이런 느낌일까, 하는 생각이 들었다.

"아빠는, 잘 있니?"

자기가 고개를 끄덕였는지 어떤지 알 수가 없다.

"엄마는……다음 달에 아기를 낳아."

핸드백을 여는 소리……티슈로 코를 푸는 소리……바람에

플라타너스 잎들이 흔들리며 대기로 초여름의 향기를 보냈다.

"저기……엄마, 할 이야기가 너무 많아서, 무슨 말부터 해야 할지……몇 주 전부터 쭉 생각했는데도……그래, 순서대로 이야기할게."

플라타너스가 잎을 흔들어 떨어뜨린 빗방울이 두 사람 사이에 있던 웅덩이에 파문을 그렸다. 정글짐에서 뛰어내린 남자아이가 수돗가로 달려가 수도꼭지를 돌려 튼 순간, 바람이 방향을 바꾸어 아이의 웃음 소리와 함께 물줄기가 튀었다.

"찻집 같은 데로 갈까?"

소녀는 살짝 고개를 들어, 바람에 나부끼는 여자의 스커트 자락을 바라보았다……오렌지색……감색……아니, 약간 분홍색도 섞인 거 같아……저녁노을 빛…….

"그래, 여기서 이야기할게……저기, 엄마랑 같이 살지 않을래?"

같이 산다고……다시 아빠랑 같이 산다는 이야기? 하지만 임신했잖아……소녀는 모래밭에서 놀고 있던 여자아이를 안아 수돗가에서 손과 발을 씻기는 젊은 엄마 쪽으로 눈길을 돌렸다.

"저기, 엄마랑 아빠, 법적으로는 아직 부부야……아기가 태어나기 전에 정식으로 이혼을 해야 한단다."

여자가 서류 봉투를 꺼내서 소녀에게 건네려 한 발 다가서자, 소녀는 좁혀진 거리가 싫어 한 발 뒤로 물러나 봉투를 받았다.

"……그 안에 이혼 서류가 있어. 아빠한테 좀 전해줄래? 아빠가 서명하고 도장 찍어야 되는 데를 연필로 표시해두었어. 그냥 전해주기만 하면 돼. 반신용 봉투도 들어 있으니까."

지금, 바로, 어딘가로 사라져버렸으면 좋겠어.

"아메, 엄마랑 같이 살자……저기, 토모하루는, 아메 아빠가 아니야."

소녀는 똑바로 앞을 바라보았다.

"아메 아빤 따로 있어. 이름은 '코요'라고 하고, 꽤 유명한 건축가란다. 처음 만났을 때, 코요 씨한테는 부인과 아들 둘이 있었지만, 두 사람 모두 솟구치는 감정을 억누를 수가 없었어. 결국 만남이 계속되었고……그러다 아기를 갖게 되었는데……그 아기가 너야……아메."

소녀는 무의식중에 커다란 배를 안고 있는 여자의 두 손을 바라보았다.

"……아기를 낳기 위해 코요 씨랑 헤어지기로 결심했지. 혼자서 키우려고. 집을 옮기고 전화번호도 바꾸고……공중전화에서 마지막 통화를 할 때……갑자기 소나기가 내렸어……빗소리 때문에 그 사람이 무슨 말을 하는지 들리지가 않았단다……안녕, 하고 수화기를 놓는 순간, 눈물이 쏟아져 그치질 않았지…….

그때 우연히 토모하루 군이 지나갔어. 중학생이었어. 지금의 나로서는 믿기 힘든 일이지만, 찻집에 가서 처음 만난 남자 중학생에게 모든 이야기를 털어놓았어. 그리고 학교가 끝나는 시간에 맞춰 만나게 되었고…….

'만으로 18살이 되면 결혼하자.'고 한 건 토모하루였어. '15살짜리 남자아이가 아기를 가진 26살짜리 여자한테 청혼을 하다니……동정이나 순간적인 감정으로 그런 말하면 안 된다.'고 했지만, '동정이나 순간적인 감정으로 하는 이야기가 아니야. 내 마음은 평생 변하지 않아. 사랑해.' 그랬어…….

그래서 약혼한 다음에 함께 살기 시작했단다. 토모하루는 어려서 부모님을 여의었기 때문에 시설에서 고등학교를 다니고 있었는데, 학교를 중퇴하고 스튜디오에서 일을 시작했어. 혼인신고서를 제출한 날이 4월 3일, 토모하루가 만 18살이 되는 생일이었어…….

하지만 내가 다시 직장에 복귀하자 코요 씨한테서 연락이 와서……결국 다시 만나고 말았어……아직도 서로 사랑한다는 걸 확인하고……그렇지만 아메가 태어났다는 이야기는 할 수가 없었어……그 사람이 아이와 상관없이 날 선택했으면 했으니까……

난 네가 두 돌 되던 날 아침에 집을 나왔어……변명은 하지 않을게……토모하루한테는 못할 짓을 했다는 거 알고, 널 이렇게 훌륭히 키워줘서 고맙게 생각해……돌이킬 수 없는 일을 한 거지……하지만 만약에 용서받을 수 있다면……그렇게 하고 싶어……코요 씨 둘째 아들이 성인이 된 다음에야 겨우 부인이 이혼을 해주었어.

결혼하자고 하던 날, 네 이야기를 했단다. 코요 씨는 어째서 지금까지 아무 말도 안 했냐고 했지. 아메하고 새로 태어날 아기랑 넷이서 함께 살자고. 아메가 가엾다고 빨리 안아주고 싶다고도 했단다…….

토모하루 군한테 몇 번이나 편지를 보내서 아메 장래에 대해 이야기하자고 했지만, 아메는 자기 딸이니 나랑은 할 이야기가 없고, 또 만나게 할 수도 없다는 대답뿐이었어……몇 번이나 다시 편지를 보냈지만, 답장이 없어서……하지만 지금 상태에서 아이가 태어나면 상황이 복잡해져……토모하루 군이 이혼해주지 않으면, 뱃속의 아이도 법적으로는 토모하루 군 아이가 되고, 그렇게 되면 코요 씨가 아기를 인지한다 해도, 정식 가족으로 인정받지 못하게 돼……이렇게 널 갑자기 찾아와서 미안하지만, 산달이 가까워져 아이가 언제 태어날지도

121

모르고.

아메……엄마랑 진짜 아빠랑, 이 아기랑 같이 살자……태어
날 아기, 여자애야, 아메 여동생이란다."

매─앰 맴맴맴매─앰, 매─앰맴매맴매─앰, 매─앰맴매맴
매─앰, 소녀는 크게 심호흡을 하더니 반짝이는 하늘이 마지
막 햇살을 들이마시는 것을 보고 나서 입을 열었다.

"나는 아빠랑 살 거예요."

"피가 섞이지 않은 아빠야."

"피가 섞이지 않았어도, 우리 아빠는 한 사람밖에 없어요."

"내가 한 이야기가 거짓말 같니? 모두 다 진짜야."

"진짜는 10년 동안 아빠가 날 키워준 거, 10년 동안 엄마가
없었다는 것뿐이에요……안녕히 가세요."

소녀가 여자에게 등을 돌렸다. 쫓아오는 게 아닌가 귀를 기
울이며 잰걸음으로 걸었지만, 매─앰 맴맴맴매─앰, 매─앰맴
매맴매─앰, 매─앰맴매맴매─앰……어쩌면 저렇게 뻔뻔스러
울까, 말이 안 되잖아, 그 사람이 아이와 상관없이 자기를 선택
해주길 바라서 내 이야기를 안 했다지만, 그 남자가 이혼할 수
있었던 건 아들이 성인이 됐기 때문이고, 결혼하고 싶은 건 새
로 아기가 태어나기 때문이잖아? 태어날 아기를 위해 아빠랑
정식으로 이혼하고 싶은 거잖아? 나하고는 아무런 상관도 없

는 이야기야. 모퉁이를 몇 번 돈 다음, 소녀는 양손으로 얼굴을 감쌌다. 흠뻑 비를 맞은 것처럼 얼굴이 젖어 있다. 매─앰 맴맴 맴매─앰, 매─앰맴매맴매─앰, 매─앰맴매맴매─앰, 여름 바람이 매미 소리와 함께 소녀의 머리카락을 스쳐 지나갔다.

땡땡땡땡땡땡, 소녀는 철도건널목 신호에 두드려 맞는 것처럼 얼굴을 기울이고 있다. 땡땡땡땡땡땡, 두 개의 빨간 신호가 교대로 깜박이는 것에 맞춰 땡땡땡땡땡땡, 소녀의 몸이 뒤꿈치를 축으로 흔들리기 시작하더니 점점 진폭이 커져 선로 쪽으로 비틀거린 순간⋯⋯덜컹덜컹, 덜컹덜컹, 덜컹덜컹덜컹덜컹, 푸─욱⋯⋯**아메 엄마랑 같이 살자 토모하루는 아메 아빠가 아니야**⋯⋯푸─욱, 덜컹덜컹덜컹덜컹덜컹덜컹⋯⋯.

소녀는 머리카락이 눈물로 엉겨 붙은 고개를 들었다. 선로 옆에는 가느다란 해바라기가 귀를 막은 사람처럼 고개를 떨구고 서 있다. 해바라기의 노란색 위에 어둠이 내려앉아 칙칙해 보였다. 소녀는 날이 저물었다는 것을 깨달았다. 아무것도 하기 싫다는 이유만으로 자살하는 사람이 있을지도 몰라⋯⋯그 반대로⋯⋯뭔가 하고 싶은 마음에⋯⋯하지만 가족이나 친구, 주위 사람들은 무슨 일이 있어서라고 이유를 찾고 싶어 해⋯⋯ 만약에, 내가, 지금 자살한다면 분명히 저 여자를 만났기 때문이라고 생각할 거야…….

소녀는 아기 곰 푸가 그려진 손목시계를 들여다보았다. 8시 10분. 어린이집에서 연락했을까? 그렇다면 뭐라고 거짓말을 하지? 이상한 거짓말을 했다가는 들킬 게 뻔하고, 어린이집에 가기 싫어서 그냥 여기저기 돌아다녔다고 하자. 어째서 갑자기 가기 싫어졌냐고 하면? 아니, 아빠는 그런 거 물어볼 사람이 아니야. 보통 때 같은 얼굴로 보통 때처럼 이야기하면, 그래? 하는 한 마디로 끝날 거야. 하지만 보통 때 같은 얼굴을 할 수 있을까? 조금 어두운 얼굴로 이야기해도, 어제 수업 참관 도중에 가버려서 아직 기분이 풀리지 않은 거라 착각해주겠지. 소녀는 밤하늘을 올려다보았다……별이 가득하다……이런 걸, 별이 촘촘히 박힌 하늘이라고 하지……밤하늘에 뿌려진 별빛은, 수만 년 전인 옛날에 만들어진 것으로, 그 붙박이별 대부분은 이미 존재하지 않는다고 수업 시간에 선생님이 가르쳐주셨어.

—지금 우리들 눈앞에서 반짝이는, 눈에 보이는 것들도, 사실은 존재하지 않는 건지도 몰라요. 선생님은 별을 볼 때마다 그런 생각을 해요. 그렇게 생각하면, 유령 같은 건 없다고 단정하긴 어렵지 않을까 하고.

이것도 선생님 아버지한테 들은 이야기예요. 미리 얘기해두지만, 선생님 아버지는 외과의사였어요. 무척 논리적인 분으로, 미신 같은 걸 믿는 사람을 극단적으로 싫어하셨어요. 언젠가 선생님 어머니가 폐렴으로 병원에 입원을 했을 땐데, 선생님은 형제가 없기 때문에 아버지랑 둘이서 닭고기덮밥을 시켜 먹고, 목욕을 한 다음에 나란히 이불을 깔고 누웠어요. 그런데 갑자기 이런 이야기를 하셨어요.

전쟁 중이었대요. 선생님 아버지가 동네 아이들하고 해가 질 때까지 야구를 하다 집에 돌아왔는데, 아버지의 아버지, 그러니까 선생님 할아버지가 되는 거지요, 군복 차림의 아버지가 담 너머로 보이셨대요. 선생님 할아버지도 의사셨는데, 군의관으로 전쟁터에 나가셨지요. 아버지, 하고 불렀더니 모습이 사라져서 문밖으로 달려가 보니 아무도 없었다는 거예요.

다음 날 아침, 전사통지서가 배달되었다고 해요.

선생님은 우에다 아키나리라고 하는 에도시대 소설가가 쓴 『우게츠雨月 이야기』를 좋아해서, 여러분 정도의 나이에 몇 번이나 읽었어요. 그중에서도 중양절에는 반드시 돌아오겠다던 의동생과의 약속을 지키기 위해, 감옥에서 자살을 하고 혼이 되어 동생 곁으로 돌아왔다는 「국화꽃 언약」하고, 장사를 하러 나간 후에 소식이 없는 남편을 기다리다 죽은 아내가, 7년 만에 집에 돌아온 남편에게 음식을 마련해주고 나서 사라진다

125

는 「아사지의 집」은 외울 수 있을 정도랍니다……은하수가 가을을 알리건만 당신은 돌아올 줄을 모르는구려. 겨울을 기다리고, 봄을 맞아도 소식이 없어……이제는 오랜 원망이 맑게 걷혀 기쁘옵니다. 만날 날을 애타게 기다리다 세상을 떠나는 것은 그 마음을 전할 길이 없어 원망스러운 것이겠지요.

선생님은 유령이란 별빛 같은 게 아닐까 생각해요. 붙박이별은 소멸하는 순간에 강한 빛을 내며 폭발하는데, 사람도 별과 마찬가지로 목숨이 끊어지는 순간에 빛을 발하는 게 아닐까……생명의 빛을……어머, 이야기가 너무 빗나갔네, 교과서 44쪽. 오늘은 수용액 성질에 대해서 공부하기로 해요. 자, 창 쪽 줄부터 수용액을 다룰 때 주의해야 할 점을 읽어볼까요…….

아파트 입구에서 자동키를 꽂고 문을 열자, 누군가가 소녀 뒤를 쫓아 자동문을 통과했다. 같은 아파트에 사는 사람이려니 하고 엘리베이터 버튼을 눌렀다. 별 생각 없이 뒤를 돌아보다 눈이 맞아 눈인사를 나눴다. 어제 그 남자다, 아키코 씨하고 같은 반지를 낀 남자, 이 남자 이야기를 했을 때, 아키코 씨 표정이 변했었지…….

남자는 소녀와 함께 2층에서 내려, 소녀보다 느린 걸음으로 복도를 걷다 소녀 등 뒤에서 발을 멈췄다. 역시 204호다. 소녀는 곁눈으로 남자를 보면서 목에 걸고 있던 열쇠를 손에 쥐었

다……아, 눌렀다, 딩동……소녀는 두려운 마음으로 열쇠를
돌렸다.

열쇠를 돌리고 손잡이를 잡기도 전에 문이 열렸다. 204호의
고야나기 아키코였다. 소녀는 얼른 안으로 들어가 문을 잠그
고 체인을 걸었다.

"어디 있다 오는 거니! 어린이집에서 아메가 안 왔다는 연락
이 와서, 무슨 일이 있는 건 아닌가 아빠가 얼마나 걱정을 했는
데, 둘이서 여기저기 찾아다녔잖아. 한 시간만 더 기다려보다
안 오면 파출소에 신고하려고 했어."

소녀는 핏기 없는 여자 얼굴에서 시선을 돌리더니 현관 매
트에 앉아 천천히 운동화 끈을 풀었다. 오른발……왼발……
머리카락 속에서 한 줄기 땀방울이 흘러내렸다.

현관 매트를 밟고 일어서는 순간, 아빠가 소녀를 끌어안았
다. 자기 안으로 집어넣으려는 듯 세게, 온몸으로 신뢰와 애정
을 전하려는 듯 따뜻하게……소녀는 그 견고함과 따뜻함을 견
디었다. 지금 울면, 무슨 일이 있었다는 걸 알게 될 거야…….

"……걱정하게 해서 미안……그냥 어린이집에 가기 싫어
서……서점이랑 문방구 같은 데 돌아다녔는데, 이렇게 늦은지
몰랐어……미안……."

소녀는 아빠 품에 안겨 사과를 했다.

"······됐다······무사히 돌아왔으니. 가기 싫을 때도 있겠지. 하지만 그럴 때는 안 간다고 문자를 보내면 되잖니. 아빠도 일 안 하고 아메랑 같이 놀 테니까."

"웅······미안······."

소녀가 아빠한테 몸을 떼며 감정을 억누른 경직된 목소리로 말했다.

"나, 숙제해야 돼······."

소녀는 자기 방으로 도망친 다음 문을 잠갔다. 저 남자가 왔다고 말하는 게 좋을까······하지만 못하겠어······아키코 씨 얼굴이 바뀌는 걸 보는 게, 무서워······소녀는 몇 번이고 심호흡을 한 다음, 스누피 배낭에서 불덩이 사진이 들어 있는 현상 봉투와 이혼 청구서가 들어 있는 서류 봉투를 꺼냈다.

봉투를 그대로 감춰두면 어떻게 될까? 그 여자는 임신했어······다음 달에는 아기가 태어난다고 했지······이게 도착하지 않으면, 이번엔 아파트 앞에서 아빠를 기다렸다가 이혼해 달라고 할지도 몰라······그렇게 되면, 내가 그 여자를 만난 게 들통 날 텐데······.

소녀는 노란 서류 봉투에서 이혼 청구서를 꺼냈다. 받았을 때는 몰랐는데, 봉투 속에 뭔가가 들어 있다. 반지······결혼반지······아키코 씨하고 아까 그 남자가 낀 반지와는 비교도 안 되는 싸구려 반지……루비도 다이아도 박히지 않은 철사같이 얇은 은반지……불에 그슬린 것처럼 거무칙칙한 반지……아빠, 은은 땀에 약해서 결혼반지로는 적당하지 않아……하지만 분명히, 이걸 사기 위해서 엄청 노력했겠지? 17살의 아빠가 일해서 번 돈으로 산 반지……소녀는 왼손 약지에 반지를 끼워 보았다. 손을 내리자, 반지가 쑥 빠지더니 이혼 청구서 위에 떨어졌다……**성명, 주소, 본적, 부모 성명·관계, 이혼의 유형, 결혼 전 성**姓**으로 변경할 자의 본적, 미성년 자녀 이름**……커튼 치는 걸 깜빡한 창문에, 깊은 구덩이 속에 고인 물처럼 반달이 흔들리고 있다.

끼익, 끼익, 끼익 하고 나사를 돌려, 열 살 되던 생일에 아빠한테 받은 앤티크 오르골 뚜껑을 열자 『바람의 결혼식』이 흘러나왔다. 꽃잎을 넣어 만든 브로치, 로켓 펜던트, 나무를 깎은 열쇠고리, 여러 나라 기념우표……아빠가 여러 나라에서 사다 준 선물……내 보물들……소녀는 이혼 청구서 위에 떨어진 결혼반지를 살짝 들어 로즈핑크의 반지꽂이에 꽂았다. 뚜껑 안쪽의 부연 거울에 소녀의 둘째손가락과 셋째손가락, 넷째손가락이 비쳤다. 그 여자 결혼반지라서 보물상자에 넣는 게 아니야, 아빠가 고른 결혼반지라서……아빠……아빠는 아빠야……피가 섞이지 않았다고 해도, 나한테 아빠는, 아빠뿐이야…….

소녀는 이혼 서류에서 연필로 표시된 곳을 볼펜으로 메워갔다. 반신용 봉투를 살펴보니, 받는 사람 주소가 적혀 있다. 성은 사쿠라이도, 결혼 전의 성인 노나카도 아닌, 나가시마였다. 이혼 청구서 '처' 칸에는 사쿠라이 츠키에라고 쓰여 있는데……**네 아빠는 따로 있어. 이름은 '코요'라고 하고, 꽤 유명한 건축가란다**……코요가 성인 줄 알았는데, 이름이었다……나가시마 코요…….

그 이름에 얽매이게 될 것 같아 소녀는 얼른 서류 봉투를 가방 안에 넣었다. 정리하자, 정리해야지, 나한테는 정리가 필요해, 정리정돈. 소녀는 오늘 받은 또 하나의 봉투, 후지칼라라고 쓰인 현상 봉투에서 사진을 꺼냈다. 침착하게, 제대로, 보자, 감정적으로 돼선 안 돼. 현상소에서 다른 사람 사진을 잘못 넣을 수도 있으니까……소녀는 전기스탠드 쪽으로 사진을 가지고 갔다……역시, 이건, 내 얼굴이야……우드스톡의 민소매 티셔츠를 입고 있고……여기, 여기 있잖아, 우리집 식탁……하지만 나 혼자야……아빠가 없어……아키코 씨도 없고……대신 빨간 불덩이가 있어……도깨비불?

소녀는 핸드폰을 꺼내 스티커 자국이 하얗게 남아 있는 뒤쪽을 보고, 네 컷 스티커 중 다른 세 컷이 남아 있는 앨범을 꺼냈다. "야―, 축제다."의 첫 장면에도 피카추하고 나뿐이다……"솜사탕 먹자! 피카!"에도 피카추하고 나……"잘 먹겠습니다—! 앙."에도 피카추하고 나뿐이다……아빠 모습은 어디에도 없다…….

소녀는 스티커와 사진을 나란히 놓았다. 수호신이 위기를 알려주는 거라면, 도대체 어떤 위기일까? 아빠는 촬영 때문에 위험한 곳에만 가니까 아빠만 그런 거면 이해가 가지만, 옆집의 아키코 씨도 같이 사라졌잖아? 뭐지? 불이 나나? 지진? 나만 찍혀 있다는 건, 나만 아무렇지도 않다는 거야? 싫어! 절대로 싫어! 아빠가 지진으로 죽고 나만 살아남다니, 아아, 있을 수 없는 일이야! 하느님! 수호신 님! 제발 아빠가 죽을 때는 저도 함께 죽게 해주세요……더 이상 혼자 있는 건 싫어요……참을 수 없어요……제발……제발 부탁이에요…….

소녀는 트럼프를 돌리듯 사진을 넘겼다……12살 생일……아직 아무 일도 없었을 때의 나……아직 아무것도 몰랐을 때의 나……겨우 한 달 전인데, 이젠……모든 게……변해버렸어……사진 한 장에 소녀의 눈과 손이 멈췄다. 이건? 뭐지? 아아, 이건, 그거다……네 장 남은 필름을 빨리 맡기려고 표본실에 전시해둔 마젤란장수제비나비를 찍었지……마젤란장수제비나비……없어……빨간 불덩이……네 장 다……빨간 빛이 길게 꼬리를 끌고 있어……소녀는 오른손에 사진을 들고, 왼손으로 안쪽 표본실 문을 열었다. 순간, 빨간 빛이 눈앞을 스치고 마젤란장수제비나비의 황금빛 뒷날개가 진주 빛으로 변했다……꽃에 앉아 꿀을 빨 때처럼 커다란 앞날개를 펼쳤다……접었다……펼쳤다……접었다……설마! 소녀는 작업대에 있는 세이프라이트를 켰다. 설마! 설마, 겠지……응? 이것 봐, 진짜 죽었잖아……죽었어……가슴 한가운데를 핀으로 고정시켜 뒀잖아……죽었어 죽었어 죽었어요…….

소녀는 조금씩 숨을 토해내며 책상 앞으로 돌아왔다. 오르골 나사를 감는다……키이키익, 키익……더 이상 감을 수 없을 때까지……키이……키……익……소녀는 책상 위에 놓인 양철로 된 빨간 시계를 보았다……철이 들었을 때부터 죽 여기 있는 톰과 제리 알람시계……긴 바늘 위에 앉아 있는 톰과 작은 바늘에 매달려 있는 제리는, 지금도 서로를 쫓고 있다……10시 45분이다……집에 온 시간이 8시 반 조금 지나서였으니까, 두 시간 동안 나, 뭘 하고 있었지…….

달이 아까보다 5센티미터 정도 오른쪽으로 기울어 있어, 톰이 시계를 두 바퀴 정도 돌면 소녀의 방에서는 안 보일 것 같았다. 반쪽인 달님……내 마음도 반쪽인 것 같아……반은 어디 갔어?……달이 기울고 차는 것을 천체 마니아인 후지와라 선생님이 열심히 설명했지만……잊어버렸어…….

소녀는 알고 싶어서가 아니라, 마음을 가라앉히기 위해 국어대사전을 펼쳤다.

【달】지구의 위성. 직경 1738킬로미터. 질량은 지구의 약 81분의 1. 대기는 존재하지 않는다. 자전을 하며 약 한 달 동안 지구를 한 바퀴 돌고, 자전과 공전의 주기가 거의 동일하기 때문에 항상 일정한 표면만이 지구를 향하고 있다. 태양과의 위치 관계에 따라 초승달, 상현, 보름달, 하현이란 위상변화를 가져온다.

【숨다】①몸을 뒤로 감추어 보이지 않게 하다. ②잠복하다. ③은둔하다. ④관직에 오르지 않고 재야에 머물다. ⑤고귀한 사람이 죽다. 돌아가시다.

저 달의 반은 사라진 게 아니야, 숨은 것뿐이야……빛이 비치지 않는 어둠 속으로……숨었어……숨어 있어……돌아가시다……머릿속의 누군가가 생각하기 시작했다……돌아가시다……언제……돌아가시다……어디서……누가……왜……돌아가시……아—, 빗소리다……조금 전까지 달이 떠 있었는데……비……비……비……날 부른다……아빠 목소리……소

녀는 빗줄기 곁에 웅크리고 앉아, 고인 빗물에 비친 아빠 얼굴
에 손을 뻗었다……아빠, 이런 데 숨어 있었구나…….

소녀는 빨간 책가방을 등에 진 채 워터쿨러 뚜껑을 열었다. 음악실에서는 고적대가 연습을 하고 있다. **손바닥을 해에 비쳐 보면 새빨갛게 흐르는 내 피 지렁이도 땅강아지도 소금쟁이도 모두 모두 살아 있단다**……소프라노리코더, 알토리코더, 큰북, 작은북, 아코디언, 벨 리라……딱 한 번, 4학년 가을 운동회 때 1반 쿠보타의 팔이 부러져 심벌즈 대타를 한 적이 있다. 심벌즈를 치는 타이밍을 잘 몰라 진땀 뺐었지. 다른 악기라면 여러 소리에 섞여 잘 모르겠지만, 심벌즈는 혼자뿐이고, 살짝 몰래 칠 수 있는 것도 아니어서, 반은 자포자기한 상태로 가슴을 펴고 꽝꽝 쳐줬어. 그거 있잖아, 그거, 옛날 장난감 가게 같은 데

가면 앞에 있는 원숭이 인형처럼, 꽝꽝꽝, 하고.

핸드폰에서 ELT의 『NECESSARY』가 울렸다. 하야카와 호쿠토! 피그렛이 티거와 푸, 이요 동굴에 편지를 넣는 걸 기다릴 수가 없어서, 소녀는 바로 문자를 확인했다.

지금, 어디(?_?)

소녀는 원피스 앞주머니에서 엔젤블루 손수건을 꺼내 젖은 입가를 닦고 답장을 썼다.

네네—, 여기는 사쿠라이(^O^)
지금 새 건물 1층 음악실 앞을 통과 중
너는 어디쯤인데?
응답하라 응답하라(^_^*);

문자를 보낸다.
30초가 되기도 전에 피그렛이 돌아왔다.

그럼, 교실에서 기다리라

소녀는 걸음을 옮기며 엄지손가락으로 버튼을 누른다. 핸드폰 경력 6년째인걸, 눈을 감고도 보낼 수 있다고.

　　대장! 교실에 도착했습니다〈(_ _)〉

6학년 3반 교실에 들어가 창가 통로를 지나, 교단에 다다를 즈음 문자가 왔다.

　　역시, 문자로 이야기하는 게 나을 것 같은데, 그럴래?

소녀는 교단에 서서 문자를 보낸다.

　　문자 친구란 거군요(*^_^*)

소녀는 핸드폰을 교탁에 올려놓고 손을 떼었다. 왜 그러지, 하고 싶은 말이 있을 때는 상대가 후지와라 선생님이라도 눈을 마주 보고 이야기하는 호쿠토가……뭐지? 무슨 얘길 하려는 거지? 피그렛이 배달을 마치고 빙글 방향을 돌려 조깅이라도 하는 걸음걸이로 화면 오른쪽으로 사라졌다. '받은 문자 1건'이란 메시지가 떴지만, 핸드폰을 들 용기가 나질 않는다.

도망치듯 창밖으로 눈을 돌리자, 창가까지 가지를 뻗은 은행나무에서 참새들이 일제히 파란 하늘로 퍼지듯 날아올랐다. 소녀는 조심조심 핸드폰으로 손을 뻗어 문자를 확인했다.

> 저기, 아직 아무한테도 말 안 했는데, 나, 전학 간단다. 엄마, 아빠가 이혼을 했는데, 나는 엄마하고 누나는 아빠하고 살게 돼서, 여름방학 동안 외가댁인 고베로 이사를 가게 됐다(^_^;) 갑자기 이런 얘긴 좀 그렇지만, 사쿠라이하고도 이제 1주일 후면 이별이라서 (;_;) 아 그래, 성도 하야카와에서 우지이에로 바뀐다 나(=_=)

소녀는 숨을 들이마시고, 창가 두 번째 줄, 뒤에서 네 번째인 호쿠토 자리를 바라보았다.

왜!

왜!

어째서 없어지는 건데!

내가 필요로 하는 사람들은, 하나같이, 없어져. 한 사람도 남김없이 모두―.

소녀는 교실을 한 바퀴 돌아 호쿠토 자리에 가 앉았다.

실은 나도 이런저런 일이 있어서리. 어제는, 두 살 생일날 집을 나간 엄마가 어린이집 앞에서 기다리고 있다가는 '아메, 엄마랑 같이 살자.' 랍신다! 세상에, 임신까지 해선 아빠하고 이혼하고 싶다네! 게다가! 우리 아빠는 진짜가 아니고 진짜 아빠는 따로 있다고 폭로하더라고. 이혼 서류하고 결혼반지 넣은 봉투를 받아 왔다고요! 어때! 황당무계라고밖에는 못하겠지!

멈출 수가 없을 것 같았다. 아빠하고 그 여자의 나이 차이랑, 스티커 사진에서 아빠 모습이 사라진 거, 아빠하고 아키코 씨랑 같이 사진을 찍었는데, 나하고 불덩이 같은 빨간 빛만 찍혀 있었다는 것—, 소녀는 손가락을 멈추고, 아픔을 참듯 눈을 감았다. 눈을 감고 전송 버튼을 눌렀다. **대답은 오직 하나 지금 하고 싶은 말 앞으로도 하고 싶은 말은 그래 항상 널 사랑해**, 다시 『NECESSARY』가 울린다.

······뭐라고 해야 할지 모르겠지만, 너나 나나, 좋은 일이라곤 하나도 없구나! 위로가 안 되나?

한마디도 하지 않았는데 입 전체가 저려온다. 한마디도 들

139

지 못했는데 고막이 떨린다. 소녀는 벌을 받는 아이 같은 얼굴
로 양손으로 책상을 짚고 일어나, 당번인 루미하고 쇼마가 지
우고 가는 걸 잊어버린 칠판을 지웠다.

「이하토브의 꿈」▪
 • 미야자와 겐지의 이상은 무엇인가
비에도 지지 않고 바람에도 지지 않고
자연과의 상통
인간과 동물 · 식물의 마음이 서로 통하는 세계
 • 미야자와 겐지의 사상과 삶의 방법에 대해
불쌍하다
말과 행동이 일치해서 훌륭하다
요즘은 어렵다?

호쿠토가 고베로 이사를 간다면, 분명히, 더 이상 못 만날 거
야. 보육원에 다닐 때 놀이터를 가든 화장실을 가든 항상 손을
꼭 잡고 다니던 아케미도 지금은 목소리도 생각나지 않는 것

▪ IHATOV. 미야자와 겐지의 고향인 이와테를 에스페란토 어로 표시한 것.
 미야자와 겐지는 세계의 평화와 행복을 기원하며 에스페란토 어를 배웠다
 고 함.

처럼, 몇 년 지나면 분명히, 호쿠토도 목소리는 물론 얼굴도 기억할 수 없을 거야. 호쿠토도, 아케미처럼, 나한테는 어떻게 돼도 상관없는 남이 돼버리는 거라고. 하지만 그건 너무 하는 거 아니야? 멀리 있는 사람에게 손을 흔들 듯이 온몸으로 칠판 지우개를 움직였기 때문에, 소녀 머리 위로 하얀 분필가루가 흩날리며 떨어졌다. 어째서, 소중한 사람을 언제까지고 소중히 생각할 수 없는 걸까? 소녀의 손이 분필가루로 하얗게 됐다.

칠판 위의 스피커에서 『아르르의 여인』이 흐른다.

"이제 곧 하교시간입니다. 놀이도구 등을 정리하고, 이제 집으로 돌아갑시다. 여러분, 안녕히 가세요."

4시 반……집에 가야지……소녀는 교실 뒤 게시판에 붙어 있는 붓글씨를 보았다. 이미 여섯 장이 다 붙었다. 사랑, 소풍, 희망, 밤하늘, 친구, 제일 위에 붙은 글씨는 여름방학, 38명의 '여름방학'에 후지와라 선생님이 빨간색 붓으로 가필을 했다. 소녀의 눈이 하야카와 호쿠토가 쓴 여름방학 위에 머물렀다. 역시 붓글씨 1급답게 토메(끝, 멈춤)와 하라이(삐침, 올림)에만 가필이 돼 있다. 창으로 불어온 바람에 나뭇잎이 흔들리듯이 습자지가 살랑거렸다. 호쿠토 습자지 위에는 여름방학이 끝나도, 새로 쓴 습자지가 붙지 않을 것이다. 아니, 2학기가 되면 호쿠토가 쓴 습자지를 떼어내겠지. 한 사람 자리만 비는 거야,

집을 허문 다음에 남은 공터처럼……그리고 이제는 하야카와도 아니지. 새로 바뀐 성은……뭐라고 했더라……창문을 닫으며 뒤를 돌아보니, 앞문에 5학년 2반의 코사카 선생님이 서 있다.

"앗, 잠깐 숙제 좀 하느라고요, 죄송합니다……."

"서둘러라."

"네ー! 지금 가요."

소녀는 복도로 나와 계단을 뛰어 내려갔다.

실내화를 갈아 신고 운동장으로 나오자, Mr. Children의 『Sign』이 울렸다. 호쿠토다. 문자가 아니라 전화야, 아메 어떡할래? 어떻게 어떻게? 소녀는 통화 버튼을 눌렀다.

"여보세요……."

"어디 있는 거 같냐?"

소녀는 고개를 들어 교정을 둘러보았다. 저기, 인가? 교문에 기대고 서 있는…….

"교문 있는 데?"

"딩동댕!"

"뭐하고 있는데?"

"……저기……."

"응?"

"……고베에 가도 문자 보낼게."

"……가끔은 전화도 주시지요."

"1년 정도 지나면 간사이 사투리가 될까? 우리 엄마는 대학 졸업할 때까지 거기 있었기 때문에 사투리가 끝내준다. 호쿠토, 열심히 해야 한데이, 라나."

"하하하하하."

"……저기……사실은, 이거, 직접 말하고 싶었는데……."

"뭘?"

"……4학년 때, 같은 반 되고 나서 쭉……."

소녀는 가슴이 뛰는 소리를 들으며, 발목까지 오는 이스트 보이의 빨간 운동화 끝으로 낙서를 했다.

"엄청 좋아했다."

"누굴?"

"야, 그렇게 나오냐. 누구긴 누군고, 니제."

"하하하하하하, 완전히 간사이 사람이잖아."

"야―, 너무한다! 얼마나 긴장하고 고백한 건데 웃냐!"

"웃기지! 왜냐하면 나도 쭉 널 좋아했거든. 웃기잖아, 아하하하하하, 정말 웃긴다."

소녀는, 교문 앞에 서 있는 호쿠토 얼굴을 보았지만, 금방 초점을 잃고 말았다. 오른쪽과 왼쪽 눈 수정체를 가늘게 뜬 다음

호쿠토한테 초점을 맞춰, 다시 한 번 보려는 순간―.

"그러니까, 기운 내라!"

"그러니까, 가 뭐야. 앞뒤가 안 맞아."

"아메한테 듣고 싶은 이야긴 아닌 것 같은데⋯⋯전학 가는 거, 아무한테도 말하지 마라."

"당근이지. 그렇다고 선생님한테도 말 안 하고 갈 거야?"

"나, 애들 앞에서 인사말 하는 것도, 송별회 하는 것도 정말 싫거든. 그렇잖아, 우리 반은 묘하게 가족적인 데가 있잖아. 버섯이랑 은어랑 고구마 같은 애들 분명이 울 것 같지 않냐?"

"맞다, 맞다. 걔네들, 다 널 좋아하니까. 교환일기나 설날 신사에서 사온 그림액자에, 호쿠토도 저랑 같은 마음이게 해 주세요, 하고 썼더라고. 그래도 다른 아이들 메시지나 사인 같은 거 받고 싶지 않아?"

"필요 없어―. 그런 건, 추억이란 식으로 정리해버리는 것 같지 않냐? 나도 이사 간 다음에, 애들한테 받은 공책 보면서, 애들 잘 있을까 하고 떠올리는 것도 싫고⋯⋯."

"⋯⋯그래? 나라면 받고 싶을 텐데."

"그러냐? 그럼 고베에 가서 보내줄게."

"누구하고 쓸 건데?"

"당연히 혼자 쓰지."

"하하하하하하."

"내일도, 다른 때처럼 대해주라."

"염려 마시래이."

"하하하하하하, 염려 마시래이? 하하하하하."

어떡하지, 울 것 같아, 속으로 생각한 순간, 귓속에서 코를 훌쩍이는 소리가 들렸다.

"아, 수위 아저씨가 왔다! 간다!"

"그래……."

호쿠토가 교문 밖으로 뛰어갔다. 수위 아저씨가 교문을 닫고 있다. 소녀는 달리지 않았다. 소녀는 주의 깊게 숨을 들이쉬고 내쉬었다. 숨을 너무 많이 들이쉬거나, 너무 많이 내쉬면, 금방이라도 울 것 같았다. 어제께, 그 여자한테 잘 가라고 인사를 한 다음처럼, 한번 눈물이 나면 그치질 않기 때문이다―.

소녀는 하늘을 보았다. 파란 하늘. 어디에도 아무것도 감추지 않은 것 같은, 구름 한 점 없는 파란 하늘―, 소녀는, 자기가 시간과 공간에서 떨어져 나온 환영 같았다. 하지만 둥둥, 둥실 둥실 떠 있는 건 아니다. 엄청 긴장하고 있다. 딱딱 소리가 날 정도로 굳었다. 더 이상 아무것도 끝나지 않으면 좋을 텐데, 더 이상 아무것도 시작되지 않으면 좋을 텐데, 하고 절실히 바라며, 소녀는 다음에 일어날 일에 온몸으로 방어 태세를 취했다.

그건 예감보다도 확실한 것이었다. 너무도 확고한 슬픔이었다. 소녀는 하늘을 올려다보고 슬픔의 냄새를 맡았다. 바다 냄새와 비슷했다. 있을 수 없는 일들이 계속해서 일어난다, 계속 밀려오는 파도처럼 또 무슨 일이 일어날까? **일어나.** 어떻게 그렇게 단정하지? **정해진 거니까.** 정해진 게 뭔데? **알고 있잖아?** 뭘……?

소녀가 우체통 앞에서 발을 멈췄다. 빨간 책가방을 한 손으로 안고, 안에서 갈색 서류 봉투를 꺼냈다. 나가시마 츠키에. 나한테는 이미 끝난 이름이다. 더 이상 상관없는 이름. 두 번 다시 상관할 일 없는 이름. 소녀는 이혼 청구서를 우체통에 넣었다. 우체통 안에 손목을 집어넣고 들어갔는지 확인한 다음, 책가방을 메고 걷기 시작했다.

　소녀가 어린이집 공원에 있는 공중전화 박스 앞에서 발을 늦추자, 여름의 아침 바람이 소녀를 앞질러갔다. 아침 햇살을 받은 전화 박스 유리에 소녀의 모습이 반사되어 비쳤다. 소녀는 잠들기 전에 아빠가 얘기해준, 두 사람이 처음 만났던 장면을 머릿속에서 그리고 있었다……**전화 박스 안에서 여자가 울고 있었다……훌쩍훌쩍 혹은 흑흑 하고 우는 게 아니라 전화 박스 밖으로 울음 소리가 샐 정도로……그렇게 큰 소리로 우는 사람을 나는 태어나서 처음 봤다……걸음을 멈추고……내가 있는 걸 여자가 알아차릴 때까지, 난 비를 맞고 서 있었지……**빗소리가 들리는 것 같아 소녀는 얼굴을 들어 하늘을 보았다. 맑음. 맑은 후 맑은 후 맑음 같은 맑은 날씨다. **병꽃나무 향기 퍼지는 울타리에 두견새가 벌써 와 울며 삽며시 속삭이네 여름이 왔네……**이 노래 제목이 뭐지? 2절 가사도 알고 싶어 동요책에서 찾아봤지만 안 나와 있었다. 아빠한테 물어봐도 모른다고 하고, 누가 부르는 걸 듣고 외웠는지도 생각이 안 나. 가사가 어려운 걸 보면, 나이 든 사람인 것 같은데, 할머니 할아버지는 내가 태어나기도 전에 돌아가셨다고 하고……센다이에 사는 고모인가……아니, 아니야……노랫소리가 어렴풋이 남아 있어……여자 목소리……어쩌면 그 여자인지도 몰라……내 얼굴 바로 위에 있는 얼굴……이마하고 이마가 닿을 정도로 가까워……입술을 벌리고……**네 이름은 아메……아메……아, 메……내가 엄마란다……엄마……엄, 마…….**

전화 박스가 있는 공원을 지나 채 50미터도 가기 전에, 소녀의 눈빛이 숨을 죽인 듯이 바뀌고, 한 발 한 발 걸음걸이도 불

148

안정해졌다.

소녀는 다시 공원으로 돌아가 공중화장실로 갔다.

소녀는 '로손' 자동문을 지나, 잡지 코너 맞은편 선반에서 생리대와 팬티를 집어 들었다.

소녀는 다시 공중화장실로 갔다.

화장실에서 나온 소녀의 얼굴이 새파랗게 굳어 있다. 어떡하지……지각이야……선생님한테 뭐라고 하지……교과서를 놓고 와서 가지러 갔다고? 하지만, 어! 3교시가 수영이다, 수영을 빠진 이유는? 집에 가서 아빠한테 말할까? 싫어, 정말 싫어. 수학여행으로 닛코에 갔을 때 마키가 그걸 해서, 남자애들 앞에서, 그것 좀 빌려줘, 그거 말이야! 하고 요란을 떨었는데, 솔직히 정신 상태가 의심스러워. 수학여행 가기 전에 체육관에 여자애들만 모아놓고, 초경이니 생리통이니 2차 성징 같은 이야기를 했을 때도 다들 꺅—꺅— 법석을 떨었지. 바보 같아, 다들 정말 바보야, 아직 애들이라고, 애들! 아아! 나 오늘 너무 심술궂은 거 같은데 어떡하지? 아아, 싫다. 배도 너무 아프고, 혐오감이 좌—악 몰려오는 느낌, 정말 죽고 싶어…….

소녀가 양호실 문을 노크하고 들어갔다.

"……6학년 3반 사쿠라이 아메라고 하는데요, 학교 오는 길에……생리를 시작했어요."

짧은 커트에 흰머리가 눈에 띄는 요코타 선생님이, 가운 주머니에서 손을 꺼낸 후 소녀의 얼굴을 바라보았다.

"처음이니?" 입술을 거의 움직이지 않는 조용한 목소리다.

"네."

"생리대랑 팬티는?"

"편의점에서……."

소녀는 요코타 선생님이 50살에 목사님하고 결혼해서 교회에 산다는 소문을 떠올렸다.

"조퇴하고 싶니?"

"아니요."

"아프니?"

"……네."

"그럼, 잠깐 누워 있으렴. 교실에는 아직 안 갔지?"

"네."

"6학년 3반이라고 했니?"

"네."

"후지와라 선생님이시네."

"네."

"선생님께는 내가 말씀드려 줄게."

"저기, 3교시가 수영인데요……."

"아, 신청서 써줄게. 이건 두통하고 생리통에 듣는 약이야. 먹고 조금 있으면 졸릴 거다. 자고 나면 좀 나을 거야."

소녀는 요코타 선생님이 손바닥에 올려준 알약을 먹었다.

"어느 침대에서……."

"어디든 상관없어. 그럼 푹 자렴."

"네."

소녀는 창가에 놓인 침대에 앉아 실내화를 벗었다. 바람에 부풀어진 엷은 하늘색 커튼에 무성한 벚나무잎 그늘이 아른거린다. 소녀는 손을 모아 가슴 위에 얹고 눈을 감았다. 창문 바로 밑에서 아이들의 숨소리와 재잘거리는 소리, 웃음 소리가 지나간다. 몇 학년일까? 달리는 것만으로 저렇게 신 나 하니……분명히 저학년일 거야……호루라기 소리……피구? 핸드볼? 소녀는 의식과 몸이 가벼워지는 것을 느꼈다. 교정을 떠돌기 시작한 소녀의 의식이 히아신스 뿌리처럼 쭉쭉 뻗어, 남쪽 교사 4층 창으로 자신이 부재중인 6학년 3반 교실을 들여다보았다. 호쿠토다……**엄청 좋아했다**……귓속에서 호쿠토 목소리가 메아리쳐, 소녀의 의식이 몸으로 되돌아왔다. 호쿠토는, 내 걱정을 하고 있을지도 몰라……하지만, 이건, 호쿠토하고 의논할 수도 없고……누구하고도 할 수 없어……한숨 섞인 평온한 고요함에 소녀의 침대는 현실의 절벽으로부터 떠밀려갔다.

딩동댕, 딩동댕······막 잠이 든 것 같아 깨기 싫었지만, 흘러간 시간의 층 같은 것에 둘러싸여, 소녀는 눈이 뜨인 것을 알지 못한 채 하얀 천장을 바라보았다.

우리 집 천장이 아니야.

어디지?

복도를 달려가는 실내화 소리.

학교?

나, 양호실에서 자고 있었구나.

무거운 졸음을 등에 진 채 소녀가 조용히 몸을 일으켰다.

커튼이 살포시 들려, 여름 햇살을 머금어 하얗게 빛나는 교정이 보였다.

아얏, 눈썹이 눈에 들어갔다.

눈물로 번진 눈을 깜박이며, 멀게만 보이는 실내화에 발끝을 갖다 댔다.

"지금, 2교시가 끝났단다. 어떻게 할래?"

요코타 선생님 목소리에 머릿속의 안개가 조금씩 걷혀갔다.

"네? 2교시가 끝났어요?" 소녀는 양손으로 침대를 짚고 일어났다. 다리 사이에 위화감이 있다.

"1교시가 끝나고 담임 선생님이 보러 오셨는데, 깊이 잠든 것 같아 안 깨웠어." 요코타 선생님이 조용히 웃었다. 웃는 건 입술 뿐, 얼굴 전체는 양호실처럼 조용하다.

"몸은 어떠니?"

"괜찮아요."

"3교시가 수영이랬지? 선생님한테는 미열과 복통이 있어 자게 했다고 말씀드렸는데, 어떻게 할까?"

"교실에 있을게요."

3교시를 알리는 종이 울리는 동안 양호 선생님은 신청서에 입실 시간과 퇴실 시간 그리고 복통 때문이라는 사유를 적어 주었다.

6학년 3반 교실에는 아무도 없었다. 접거나 말아놓은 옷들이 책상마다 놓여 있다. 소녀는 아무것도 놓여 있지 않은 책상에 가방을 올려놓았다. 열린 창으로 수영장의 환성이 날아든다. 소녀는 창에서 얼굴을 돌리고, 떠드는 소리에 섞여 있을지도 모를 호쿠토의 목소리를 들어보려 했다.

치치치치치치치치칙—기름매미다! 아빠 말로는 보통은 씽씽매미, 말매미, 기름매미, 참매미, 애매미 순이라고 했는데, 올해는 뭐였을까? 일이 너무 많아서, 바깥 소리에 귀를 기울일 여유가 없었어. 나는 아빠랑 달리, 곤충 중에서 매미를 좋아하기 때문에 집에 매미에 관한 책이 몇 권이나 있거든. 그 책을 보면 날개돋이 직전의 유충은 구멍에서 작은 수염 같은 걸 내밀어 바람의 세기나 습도를 알아본다고 했어. 날개가 돋을 때 바람이 세게 불거나 비가 오면 끝장이니까, 안 되겠다 싶으면 날개돋이를 늦추고 땅 밑에서 대기한다고 하니, 정말 대단하지. 하지만 기름매미가 울기 시작했다는 건, 이제 곧 여름방학이란 뜻이야. 앞으로 3일……이제 3일이면 호쿠토하고 못 만나게 돼……하지만 문자를 보낼 수도 있고……전화로 이야기할 수도 있어……만약에 호쿠토가 16살이나 17살이 돼서도 날 좋아한다면, 아르바이트를 해서 돈을 모은 다음에 여름방학 같은 때 고베로 만나러 갈 수도 있어. 4년 동안이나 호쿠토를 좋아했으니까, 4년 동안 못 만난다고 해도 좋아하는 마음에는 변함이 없을 거야. 못 만나는 것 정도로 마음이 변한다면, 그건 정말로 좋아했던 게 아니야. 여름방학이 네 번 지나면, 이번에는 내가 먼저 고백할 거야! 매미들은 말이야, 나무 안에서 열 달, 땅속에서 6년이니까, 여름방학을 일곱 번이나 참아야 한다고. 난 겨우 네 번만 참으면 돼, 1, 2, 3, 4년 그런 건 금방이야……**병꽃나무 향기 퍼지는 울타리에 두견새가 벌써 와 울며 살며시 속삭이네 여름이 왔네……**

소녀는 열쇠를 돌려 소리가 나지 않도록 살짝 문을 열고, 다녀왔습니다, 하는 인사도 하지 않고 자기 방으로 들어갔다. 어째서 우리 집에 있는 방들은 문을 잠글 수가 없을까? 아빠는 둘밖에 안 사는 집에서 문을 잠그는 날에는 살벌해서 못산다, 말로 의사표시를 할 수 없게 되면 각자 따로 살아야지, 라고 했지만 이럴 때는 어떻게 의사표시를 해야 되지? 소녀는 국어대사전을 펼쳐보았다. **【의사표시】 ①자신의 생각을 상대에게 나타내는 것. ②권리, 의무의 득실이나 변경을 원하는 자가 그 뜻을 표명하는 것.** 하지만 만 12살이나 돼서 자기 방에 자물쇠가 없는 건 6학년 3반에서 나 혼자일 거고, 그렇다고 아빠한테 말해봐야, 그 애들은 그 애들, 너는 너, 아예는 다른 사람하고 똑같이 되고 싶니? 라고 할 게 뻔하고……

소녀는 다리를 모으고 의자에 앉았다. 다리 사이에서 천천히 피가 스며 나오는 것을 느끼며, 폼포네트 비밀 공책을 펼쳤다. 2주 전에 구겨버렸다가, 다시 주워 펴놓은 엄마의 젊었을 때 사진이 나왔다. 소녀는 사진을 잘게 찢어 쓰레기통에 버린 뒤, 고통 속에 있는 나무를 위해 지은 이름들을 살펴보았다……**靑**……**木靈**……**未知**……**貫**……**進**……**考**……은행나무 같은 건 암수가 따로 있잖아? 다른 나무들은 어떨까? 그래도, 그 나무는, 분명히 남자인 것 같아. 콘크리트 벽과 담 사이에 끼어 가지란 가지는 모조리 밑동 부분부터 잘려나갔지만, 줄기가 굵고 다부져서, 기댈 수 있는 아빠 같은 느낌인걸. 나한테 파더컴플렉스가 있어서 그런지도 모르지만, 그 나무는 분명히 남자야, 남자. 단언할 수 있다고. **여행자······시련······립** 立······**시**時······이름은 획수도 중요하다고 하던데······아, 맞다, 인터넷으로 이름을 감정할 수 있는 데가 있다고 세이 짱이 그랬지.

소녀는 표본실 방문을 열고 사이드테이블 위에 있는 아빠의 노트북을 가지고 나왔다. 방문을 닫으면서 전시판을 보니, 마젤란장수제비나비가 젖은 머리카락처럼 새까만 앞날개와 빛의 반사에 따라 오렌지 빛에서 진주 빛으로 변하는 뒷날개를 펼치고 있어, 지금이라도 날아오를 것처럼 보인다.

소녀는 검색창에 '이름 감정'을 친 다음 무료로 볼 수 있는 웹사이트를 클릭했다. 조금 있으니 '운명 코너 ENTER'란 화면이 떠서 다음 화면으로 클릭하자, 성과 이름을 기입하는 칸이 나타났다.

역시 성이 없으면 감정을 할 수가 없구나. 그래서 성명 감정이라고도 하겠지만. 내 이름은 어떨까? 소녀는 '성' 기입 칸에 '사쿠라이', '명' 기입 칸에 '아메'라고 친 다음, 한가운데 있는 네모난 '감정' 버튼을 클릭했다.

사쿠라이 아메

천격天格	(21)	○ 길	조상대대로 이어오는 가계의 운세
인격人格	(12)	● 흉	인격이나 성격
지격地格	(9)	● 흉	부자관계, 건강 등의 개인적인 운세
총격總格	(29)	○ 길	행복, 금전 등의 종합적인 운세
외격外格	(18)	○ 길	대인관계, 사회적인 신용도 등

파란만장. 크게 성공을 거두거나 실패로 끝낼 극단적인 인생. 독신으로 지내기보다는 대가족 속에서 생활하는 것이 원만한 인생을 보낼 수 있는 비결이다. 미혼일 경우에도 남을 보살피는 운명이 될 듯.

으악, 흉이 두 개나 있다! 이게 뭐야! 최악이잖아! 야! 이름 지은 사람, 나와! 아빠는 어떨까? 소녀는 화면을 앞으로 돌린 다음, 기입 칸에 아빠 이름을 써 넣었다.

사쿠라이 토모하루

천격天格	(21)	○ 길
인격人格	(16)	◎ 대길
지격地格	(24)	○ 길
총격總格	(45)	○ 길
외격外格	(29)	○ 길

사업 등에는 맞지 않지만, 재치와 감성이 풍부해 예술 분야에서 성공한다. 부모 간의 사이가 좋지 않거나 좋은 반려를 만나기가 어렵고, 가정에 고생과 파란이 예상된다. 사려 깊고 인내심이 강하나, 지나치게 꼼꼼한 성격이 겉으로 표출되면 대인관계에서 성가신 일이 생기기 쉬우니, 중용을 지키는 것이 좋다.

너무 잘 맞는 것 같아……그럼, 그 여자는 어떨까? 소녀는 처음 페이지로 돌아가 이름을 입력했다.

사쿠라이 츠키에

천격天格	(21)	○ 길
인격人格	(8)	○ 길
지격地格	(10)	● 흉

총격總格　　　(31)　　○ 길

외격外格　　　(23)　　◎ 대길

　　지성, 감성, 판단력을 수반한 이론가로, 실천력도 뛰어나다.
곤란을 극복하는 인내력이 있으나, 타인에게 냉담해 때로 자기
중심적이라는 오해를 받기 쉽다. 자신의 생각을 솔직히 표현하
기 때문에 대인관계에서 충돌을 일으키는 경우가 많다. 밀어붙
이는 성격이 화를 불러올 수 있으므로 주의할 것. 외모는 뛰어나
나, 일가친척에게 함부로 하는 경향이 있어 가족 간에 화목하기
어렵고, 불안정한 가정생활을 보내게 될 듯하다.

　　소녀는 다시 처음으로 돌아가 '성'에서 '사쿠라이'를 지우
고, 예전 성인 '노나카'를 넣어 감정해보았다.

노나카 츠키에

천격天格　　　(15)　　○ 길

인격人格　　　 (8)　　○ 길

지격地格　　　(10)　　● 흉

총격總格　　　(25)　　○ 길

외격外格　　　(17)　　△ 반길

159

여성이지만 성격이 강하고 시원시원한 남자 성격이다. 뛰어난 재능을 갖추고 있으나, 사람들이 가까이하기 어려운 인상을 풍긴다. 고집스러운 면이 있어 교조주의적 사고에 빠지기 쉽고 대인관계에서 대립하는 경향이 있다. 모든 경우에 조화와 유화를 잊지 않도록 주의하면 화려하고 개성적인 삶을 누릴 수 있을 것이다.

재혼해서 성이 바뀌면 어떻게 될까?

나가시마 츠키에

천격天格	(22)	● 흉
인격人格	(18)	○ 길
지격地格	(10)	● 흉
총격總格	(32)	◎ 대길
외격外格	(29)	● 흉

명석한 두뇌와 기획력을 갖춘 야심가이다. 언뜻 사교적으로 보이나 정신적으로는 매우 불안정해 감정의 기복이 심하고 건전한 인간관계를 쌓기 힘들다.

사쿠라이랑 노나카는 좋은 거랑 나쁜 게 반반씩 있는 거 같지만, 재혼해서 나가시마로 성이 바뀌면 꽤 위험하겠는걸······ 결혼 안 하고 독신으로 있는 게 나았을 텐데······그럼 나는 태어나지 않았겠지만, 진심으로 태어나길 잘했다고 느낀 적이 없으니까······8월에 태어난다는 아이한테는 어떤 이름을 붙일까······**태어날 아기, 여자애야, 아메 여동생이란다······아메 아빠 따로 있어. 이름은 코요라고 하고, 꽤 유명한 건축가란다**······코요는 한자로 어떻게 쓸까······興洋, 光曜, 公陽, 向陽, 康陽, 弘容, 弘陽, 浩洋, 浩養, 高陽·······.

"똑똑!" 하는 아빠 목소리.

소녀는 놀라 전원을 끄고, 노트북 모니터를 덮었다.

"옷 갈아입는 중이야!"

소녀는 컴퓨터를 표본실 방에 갖다 두고, 물방울무늬 반팔 블라우스를 벗고 엔젤블루 티셔츠로 갈아입었다.

"들어와도 돼."

아빠가 방문을 조금 열고, 코와 입만 내밀었다.

"사쿠라이 학장님, 불꽃놀이 준비가 끝났습니다."

"불꽃놀이?"

"언제 학장으로 취임했냐고 물어봐야지."

"무슨 불꽃놀이?"

"옆집에서 주셨다."

아빠가 방문 틈으로 키티 불꽃놀이 세트를 내밀었다.

"오늘 할 거야?"

"무슨 반응이 그래?"

"안 하면 안 되나?"

"아빠 하고 싶은데."

"어디서?"

"공원."

"모기한테 물릴 텐데."

"그럼, 이웃집도 같이 하자고 해서, 베란다는 어때?"

"이웃집이란 말은 하지 마시죠. 이름이 있으니까."

"네네, 이름이 뭐였더라?"

"응? 정말 잊어버렸어?"

"여자 이름 외우는 거, 잘 못하거든."

"고야나기 아키코."

"아, 맞다 맞다, 아키코 씨. 가서 불러오렴."

"싫어."

"그럼 그렇지. 그럼, 아빠가 고야나기 아키코 담당 장관, 아
메는 모기향하고 양동이, 그리고 라이터 담당 장관이다."

아빠가 경례를 붙이고 문을 닫았다.

발소리가 멀어지고, 현관문 닫는 소리가 들렸다.

소녀는 세면대에 양동이를 놓고 물을 받았다.

거울에 얼굴이 비친다.

얼굴색이 안 좋다기보다는 뚜렷이 비치는 것 같지가 않다.

거울 자체가 물웅덩이처럼 고여, 뚜렷이 비추는 걸 거부하는 것 같아.

하지만 거울에 비친 것이 반드시 존재한다고 할 수도 없고, 거울에 비치지 않은 것이 반드시 존재하지 않는다고도 할 수 없지.

소녀는 양동이의 물이 찰랑거리지 않도록 조심조심 복도로 걸어 나왔다.

거실에는 아빠와 고야나기 아키코 씨가 앉아 있다.

물소리에 두 사람 발소리가 지워졌는지도 몰라⋯⋯하지만 거울에 복도가 비치는데⋯⋯두 사람은ㅡ.

"아이고, 많이도 가지고 왔네." 아빠가 말했다.

"정말이네." 여자도.

"갑자기 웬 불꽃놀이에요?" 소녀가 물었다.

"편의점에 갔더니 있어서, 충동구매를 한 거지."

소녀와 아빠는 베란다에 놓여 있던 지압샌들을 신고, 여자는 현관에서 분홍색 프라다 샌들을 가지고 와 신었다.

각자 맘에 드는 것을 손에 들었다. 소녀가 라이터로 불을 붙이려고 했지만 습기가 찼는지 좀처럼 불이 붙지 않았다.

소녀가 불꽃놀이 봉투를 들고 제조날짜를 살펴보았다.

"2003년 8월 2일. 작년 거네요. 바꿔달라고 하는 게 좋을 거 같은데요."

"정말이네……작년 거면 불이 안 붙겠지?" 여자는 모든 것을 포기한 듯 슬픈 얼굴로 한숨을 쉬었다.

"센코하나비(얇게 꼰 종이에 화약을 비벼 넣어 만든 불꽃으로, 긴 종이끈을 바닥으로 향하게 하면 조금씩 타들어간다_옮긴이) 는 어떨까?"

세 사람은 뽑기를 하듯 한데 묶여 있는 센코하나비를 한 줄씩 뽑아 들었다. 소녀가 불을 붙이자 실처럼 가늘고 하얀 불꽃이 튀었다.

맨 먼저 소녀의 불꽃이 꺼져, 소녀는 깜박이는 불빛 속에서 아빠의 옆얼굴을 바라보았다.

익숙한 얼굴일 텐데, 전혀 모르는 사람 같아 보인다.

손을 뻗치면 만질 수 있는 거리에 있을 텐데, 아득히 멀리 있는 것처럼 보인다.

소녀 얼굴에 까만 그림자가 스쳐 지나갔다.

바퀴벌레!

소녀는 발밑을 보고 비명을 질렀다.

204호 방화벽 틈으로 계속해서 기어 나오고 있다.

아빠가 들고 있던 센코하나비에서도 불똥이 떨어졌다.

깜깜하다.

어둠에 비쳐 뭔가가 떠오르는 것 같다.

뭐지?

소녀는 양손으로 입을 막고 샌들을 신은 발끝까지 온몸을 웅크렸다. 얼굴을 돌리기가 두려웠다. 만약 고개를 돌렸는데 아무도 없으면? 숨이 막혀 참을 수가 없어 얼굴을 돌리자, 아빠와 여자 모습이 비에 젖은 아스팔트 위의 그림자처럼 보였다.

아빠가 주머니에서 카멜 한 개비를 꺼내 입에 물고, 찰칵 하고 지포 US NAVY 뚜껑을 열어 불을 붙였다. 바람도 없는데 한 줄기 연기가 하얗게 밤하늘로 피어올랐다.

"……아메는 기억하니? 홋카이도에 있는 토야라는 호수에서 유람선을 타고 불꽃놀이 봤던 거……네 살 때 여름이었는데……객실에서 보면 재미없다고, 둘이서 갑판으로 나갔는데, 아메는 불꽃놀이는 안 보고 달만 봤지……보름달이었어…… '달님이 오렌지색으로 화장하고 호숫가에 놀러 왔어.' 하고 아메가 말했다……."

갑자기 소녀의 눈에서 눈물이 흘렀다. 나뭇가지를 타고 빗방울이 떨어지는 것처럼. 소녀는 입을 벌리고 소리를 내서 숨을 들이마셨다. 리코더를 손가락으로 다 막은 것 같은 소리가 났다.

지금, 내가 할 수 있는 것은 달을 쳐다보는 것뿐.

"아빠, 그때랑 똑같은 달이네……."

소녀가 눈물을 삼키고, 어둠 속의 말을 더듬었다.

종업식을 마치고 돌아오니, 우체통에 서류 봉투가 들어 있었다. 받는 사람은 사쿠라이 토모하루, 보낸 사람은 노나카 츠키에였다. 소녀는 실내화랑 체육복, 그림도구랑 여름방학 숙제가 들어 있는 커다란 쇼핑백을 다리 사이에 끼고 봉투를 열었다.

호적등본

제적	【명】	츠키에
	【생년월일】	쇼와 40년(1965년) 8월 17일
이혼	【이혼일】	헤이세이 16년(2004년) 7월 17일
	【배우자】	사쿠라이 토모하루

이혼 청구서를 냈구나……어쩌면……잘 보면, 어린애가 쓴

글씨라고 알 수 있었을 텐데……내가 쓴 줄 알면서도 제출했다면, 그건 범죄야……내일 구청에 가서, 사실은 내가 썼다고 일러버릴까? 나는 미성년자니까 벌을 안 받겠지만, 그 여자는 뭔가 벌을 받겠지……인터넷에서 찾아볼까……하지만 그 여자는 시치미를 떼겠지……딸이 썼으리라고는 생각지도 못했어요, 저는 속은 거라고요, 하면서……아니야, 알면서도 저지르진 않았을 거야……그 여자는 내 글씨체 모르는 데다, 아빠 글씨체도 잊어버렸을 거야……아, 다행이다, 겨우 출산 전에 이혼할 수 있게 됐네, 하는 생각만 했겠지……다른 사람한테는 관심이 없는 여자니까, 중요한 건 자기뿐……인터넷 성명 감정에도 나와 있었잖아……다른 사람한테는 냉담하다고……그렇지만 이제 곧 나가시마로 성이 바뀌는 노나카 츠키에 씨, 나는 당신한테 다른 사람인가요?

205호 앞에 섰다. 어쩐지 안에 아무도 없다는 것을 알 수 있었다. 소녀는 초인종을 누르지 않고, 목에 걸고 있던 열쇠로 현관문을 열었다.

역시 없다. 어디 갔지, 문자도 안 보내고……아빠, 또 트레킹 슈즈 신고 나갔구나. 트레킹슈즈는 신고 벗는 것도 불편하고, 걸으면 땀이 차서 냄새가 나잖아? 발이랑 양말이랑. 난 나무젓가락으로 집어 세탁기에 넣는다거나, 내 빨래랑 나눠서 따로

빨지는 않아. 하지만 그거, NIKE AIR라든가 에코에서 산 RECEPTER, 버켄스탁 샌들이나 통기성 좋은 거, 내가 일부러 골라줬으니까 좀 신으세요. 매일 같은 말을 듣는 쪽도 싫겠지만, 매일 같은 말을 하는 입장도 생각해주시라고요, 아빠!

소녀는 리모컨으로 에어컨을 켠 다음, 베란다로 나갔다. 일주일 전에 셋이서 센코하나비를 했던 곳에서 호적등본하고 봉투를 잘게 찢어 100엔 주고 산 라이터로 불을 붙였다. 초인종 소리가 났다. 아빠다! 소녀는 베란다 커튼을 치고 현관으로 달려갔다.

문을 여니 옆집 여자가 슈퍼마켓 봉투를 들고 서 있었다.

"오늘, 아빠가 늦으신다면서 아메 저녁을 부탁하고 가셨어. 태국 음식 만들 건데, 먹지?"

"가능형이 빠졌다."

"드실 수 있습니까?"

"드시다, 는 아랫사람이 윗사람에게 쓰는 존경어라고 국어 시간에 배웠는데. 지금은 윗사람이 아랫사람한테니까, 먹을 수 있니, 같은데요."

나 무슨 시누이 같아. 아빠랑 있으면서 매일 잔소리를 하다보니 버릇이 된 거야. 아빠도 잔소리 많은 마누라라고 치켜세우고, 나, 치켜세우면 점점 더 심해지는 타입이라······좋아, 열두 살로 돌아가지요!

"대단히 죄송합니다. 오늘 메뉴를 설명 드리지요. 톰얌쿵(해물수프_옮긴이), 춘권, 쌀국수 볶음, 파파야 샐러드."

"와, 프로 같아!"

"먹을 수 있나요?"

"너무 너무 좋아해요!"

여자가 집에서 가지고 온 앞치마를 두르더니 부엌으로 들어갔다.

소녀는 거실에 있는 낮은 테이블에 턱을 괴고 앉아 텔레비전 리모컨으로 채널을 돌렸다……보스턴에는 기무라 특파원이 가 있습니다, 기무라 특파원?……이것으로 다마루 팀이 한 점 리드, 아직 역전할 기회가 있습니다……차이를 즐기는 사람, 네스카페 골드블렌드……내일 도쿄는 한낮 기온이 30도를 웃도는 무더운 날씨가 되겠습니다…….

오늘로 6일째, 양이 많이 적어졌다. 이거 분명히 6일로 끝나는 거지? 이제 조금 있으면 원래대로 돌아가……아니, 원래대로는 아니지. 주기가 며칠인지 아직 모르지만, 27일에서 30일 사이에 다시 시작해서, 몇십 년 동안 계속하는 거야. 이게 멈추는 건 임신했을 때만……임신……나는 절대 그런 거 안 할 거야. 난 그 여자랑은 달라, 그 여자처럼은 되지 않을 거야…….

하지만 이렇게 중요한 일을 아무한테도 말 안 하고 지나가도 되나? 아, 양호실 요코타 선생님한테는 말했구나……그래도 역시, 엄마 같은 사람이 필요해, 물론 그 여자는 아니고, 훨씬 엄마다운 사람…….

잠깐만 잠깐만, 아빠랑 아키코 씨는 분명히, 애인 같은 사이겠지? 안 그러면 어떻게 딸 저녁밥을 챙겨달라고 하겠어? 아빠, 쑥스러움을 많이 타니까 '여자 이름 외우는 거 잘 못한다.'는 둥 하면서, 이름도 모르는 척 했지만, 나는 찬성! 아키코 씨는 위화감이 없잖아. 자기가 여기 있다고 주장하지 않는다고 할까, 존재감이 없다면 실례가 될까? 하지만 전혀 나쁜 뜻이 아니라, 존재감이 없기 때문에 긴장하지 않아도 되고, 내 페이스를 지킬 수가 있단 말이지.

아빠, 이제 이혼도 했으니까, 재혼하면 좋을 텐데……그러면 나도 어린이집 같은 데 안 가도 되고, 아빠가 해외출장 갔을 때 아무도 없는 집에 혼자 있지 않아도 되고……그렇지만 내 생각만 하면서 아빠 재혼에 찬성하다니, 너무 타산적이지……이건 누굴 닮은 걸까……아빠는 마음만 가지고도 돌진하는 성격이라 타산 같은 브레이크가 없는 사람이야……닮았다면, 그 여자나, 코요라는 남자?……얼굴 같은 것 말고, 성격 같은 것에도 유전이 있나?……유전…….

"좀, 부탁할 게 있는데." 여자가 앞치마에 손을 닦으며 부엌에서 나왔다.

"뭔데요?"

"저, 이것 좀 부쳐줄래?" 여자가 주머니에서 봉투를 꺼냈다. 파란 물결 모양의 예쁜 편지 봉투였다.

"우체통에 넣기만 하면 되는 거예요?"

"응, 부탁해."

"라저!"

소녀는 끓기 시작한 톰얌쿵의 향신료와 레몬과 남플라의 시큼한 냄새를 맡으며, 폼포네트 운동화를 신었다.

소녀는 파란 봉투를 손에 들고 달렸다.

빨간 우체통 앞에 서서 편지를 넣으려다 손을 멈추었다.

봉투에 적힌 이름을 보았다.

간다 아츠시 귀하

분명히 그 남자다……아키코 씨하고 찍은 사진을 보여준 그 남자……왼손 약지에 아키코 씨하고 같은 파란 보석 반지를 낀 남자……이거, 연애편지? 혹시 아빠하고 양다리 걸친 거 아니야? 이거, 내가 갖다 버리면 어떻게 될까? 하지만 그 남자

171

'핸드폰도 안 되고, 메일을 보내도 답장이 없다.'고 거의 울 것 같은 얼굴이었잖아. 사귀다가 차여서 스토커가 된 거다. 이건 분명히, 작별을 고하는 편지겠지? 아키코 씨…….

소녀는 우체통에 가는 손목을 넣고 편지에서 손을 떼었다.

핸드폰에서 『NECESSARY』가 울렸다.

〈받은 문자 1건〉

〈제목: 하야카와 호쿠토가 우지이에 호쿠토로 문안드리오!〉

잘 있나!(^^)! 지금 뭐하니?

난 달리는 신칸센 안이야(^^);

지난번에 이야기한 대로 처음엔 여름방학 중에 이사를 하려고 했는데, 아빠랑 엄마가 초긴장 상태라 더는 같은 공기를 마시고 싶지 않다나. 이틀 동안 밤새워 짐을 싸서, 오늘 학교 끝나고 도쿄 역으로 직행했다(/_;).

그렇게 미워할 거면서 뭐하러 결혼은 했고, 누나랑 나를 낳았냐고 따지고 싶었지만, 야—정말 모르겠다. 어쨌든 연애결혼이니까 결혼했을 때는 서로 좋아서 하지 않았겠냐? 어째 인생 상담 같다()_(). 지금 나고야에 도착, 이제 1시간 정도 있으면 우지이에 호쿠토의 간사이 데뷔! 글자 수 초과할 것 같아 여기서 끝내

겠지만, 무슨 일 있음, 메일 보내라(~0~). 무슨 일
없어도 보내고(*^_^*).
외갓집 꽤 넓어서, 내 방 따로 만들고도 방이 남는단
다. 한밤중이나 2시라도 상관없데이(^_^)V
Tel도 OK. 간사이 사투리로 변했겠지만, 용서하이소
m(_ _)m.

소녀는 걸으면서 문자를 보냈다. 아스팔트의 열기가 신발
바닥에서 전해온다.

휴대폰 경력 6년 동안에 가장 긴 문자였슴다(^0^) 답
장도 길게 써야 될 것 같은데, 지금 바깥이니 용서하
이소(ㅜ_ㅜ)
그런데 하야카와 호쿠토도, 우지이에 호쿠토도 어쩐
지 사무라이 같은 이름이다(^^)
호쿠토란 이름 누가 지었는데(?_?)
아빠?

소녀는 문자를 보내고 얼굴을 들었다.
햇살이 비친다.

173

공기가 반짝인다.

바람이 분다.

새들이 지저귄다.

매미가 운다.

시간이 흐르고 있다.

한 발 한 발 떼어놓을 때마다 가슴이 아플 정도로 그리움과 슬픔이 밀려왔지만, 소녀는 자신이 무엇을 그리워하고, 무엇을 슬퍼하는지 알지 못했다.

아파트 계단 중간에서 『NECESSARY』가 울렸다. 호쿠토 착신 멜로디 바꿀까……뭐가 좋을까……주소랑 전화번호도 바꿔야겠지……좋아, 이참에 이름도 바꿔놓자……성은 빼고……**병꽃나무 향기 퍼지는 울타리에 두견새가 벌써 와 울며 살며시 속삭이네 여름이 왔네**……이 노래, 제목이 뭐지? 다운로드해서 호쿠토 착신 멜로디로 써야지……어쩐지 묘—하게 끌린단 말이야, 머릿속에서 떠나질 않아…….

피그렛이 티거와 푸와 이요 동굴에 편지를 던지고, 서둘러 다른 편지를 배달하러 가는 것처럼 달려가 화면에서 사라졌다.

딩동댕! 아부지임다(시속180킬로미터로 교토에 가까워졌습다). 북두칠성의 호쿠토(北斗, 북두)**. 『월간 천문**

가이드』 같은 책 정기 구독하는 마니아야. 누나 이름
은 오리히메(織女, 직녀)임다(-_-;). 내 이름도 북두
칠성의 호쿠토北斗로 할 건지, 남두육성南斗六星의
난토南斗로 할지 망설였다는데, 이왕에 붙일 거, 베가
나 데네브(백조자리 꼬리 부분에 위치한 가장 밝은 별_옮
긴이), 안타레스(전갈자리에서 가장 밝은 별_옮긴이)라고
하면 더 좋았을 텐데, 훨 임팩트가 있잖아(^O^)

소녀는 6층에서 엘리베이터가 내려오는 동안, 문자를 계속
보냈다.

난, 호쿠토란 이름 좋아.
하야카와 호쿠토든, 우지이에 호쿠토든 호쿠토인 데
는 변함이 없잖아.
호쿠토가 호쿠토로 있는 한, 난 좋아(*^_^*)
또 문자 보내(^_^)/~

현관문을 열자, 레몬과 남플라와 졸인 간장 냄새가 풍겨와,
소녀의 입속에 군침이 돌았다.
거실로 들어서니 테이블 위에서 태국 음식이 모락모락 김을

내고 있다.

"와! 태국 음식점 같아!"

여자가 마이크에 대고 인사를 하듯이 헛기침을 했다.

"입맛에 맞을진 모르겠지만."

소녀가 손으로 춘권을 집어 한입 가득 물었다.

"맛있다! 너무 맛있어요!"

소녀는 여자가 만든 음식을 먹으며 지난 3주 동안 일어난 모든 일을 이야기하고 싶었지만, 도대체, 어디서부터 이야기를 하면 좋을지—, 난 이 여자를 신뢰하고 있나? 만난 지 아직 한 달도 안 된 사람을 단번에 믿으라고 하는 건 무리가 있겠지? 그게, 나, 아직 이 여자에 대해 아무것도 모르는걸……생년월일이나, 태어난 곳, 가족은 몇 명인지도……하지만 그런 게, 신뢰하는 데 필요할까? 이력서 같은 걸 조금씩 물어본 다음에, 조금씩 신뢰하는 건 너무 쩨쩨하지 않아? 완전히 신뢰한 다음에, 완전히 배신당하는 쪽이 나을 거야. 하지만 지금은 아직 말 못해. 신뢰하기 싫은 게 아니라, 기대하는 게 무서운 건지도 몰라. 신뢰한 다음에 배신당하는 건 각오한 거니까 납득할 수 있지만, 기대했는데 실망하는 건 너무 비참하거든. 슬프거나 쓸쓸하거나 괴로운 건, 어떤 의미에서 아름답지만, 비참한 건 아름답지 않은 거 같아. 하지만 날씨가 더 더워진 다음에, 셋이서 멀리

176

바닷가에 가서 해가 질 때까지 수영을 하게 된다면, 모든 걸 아무것도 아닌 것처럼 이야기할 수 있을지도 몰라.

"잘 먹었습니다. 정말로 맛있었어요." 소녀는 신뢰와 기대가 뒤범벅이 되지 않도록, 밝지만 어리광스럽지 않은 목소리로 말했다.

"다행이네." 여자는 전혀 힘이 들어가지 않은 얼굴로 웃었다.

지금 얼굴, 아빠랑 나가사키에 갔을 때 본 가쿠레 기리시탄(16세기 말의 가톨릭 추방령 이후, 신분을 감추고 신앙을 지켜온 기독교 신자_옮긴이)의 성모마리아 그림 같아……눈을 감고 기도하는 마리아……제목이 뭐였더라……아빠 방에 그림엽서가 있으니까 나중에 찾아봐야지……소녀는 여자와 함께 빈 접시를 쟁반에 올렸다.

철컥, 현관 열쇠를 돌리는 소리가 났다.

"아빠다!"

소녀는 일부러 발소리를 내며 현관으로 달려가, 트레킹슈즈 끈을 풀고 있는 아빠 등에 대고 인사를 했다.

"다녀오셨어요!"

"다녀왔다."

아빠가 빙글 몸을 틀어 양팔로 소녀의 다리를 끌어안았다.

오늘도 맑습니다. 여름방학이 시작되고 일주일이 지났지만, 한 번도 비가 오지 않았어요. 소나기는 분명히 여름에 오는 거죠? 어떻게 된 거니, 소나기! 매일 쨍쨍 내리쬐는 햇빛 때문에 공원에는 모래먼지가 날리고, 나팔꽃도 해바라기도 모두 축 늘어져 있다고요.

그러고 보니, 여름방학 되고 나서 한 번도 어린이집에 안 갔다. 그도 그렇게 가정환경이 바뀌었는걸. 아빠는 저녁이 되기 전에 반드시 집에 들어오고, 아키코 씨가 점심 저녁 꼭꼭 챙겨 주니까, 어린이집이여, 안녕! 웃치 선생님이 걱정이 돼서 전화를 했지만, "아빠가 매일 집에 계시니까 괜찮아요. 2학기 때도 그럴 거 같으니까, 이제 어린이집에는 안 갈지도 몰라요." 그랬더니, "그럼, 아빠한테 전화 한번 달라고 말씀드려라." 하고는 그 다음에 아무 연락도 없잖아. 아빠는 원래 전화하는 거 싫어하니까, 분명히 직접 이야기하러 갔을 거야……옷치하고 시모텐한테는 아키코 씨하고 결혼한다고 말했을지도 몰라…… 결혼식, 할까? 아키코 씨는, 웨딩드레스하고 전통 기모노 중에서, 어느 쪽이 더 잘 어울릴까? 아빠는 하오리 하카마든 흰색 턱시도든 다 잘 어울리겠지만, 음―, 역시 기모노에 하카마가 엄숙한 느낌이 들어 좋을지도 몰라……난 뭘 입고 가지? 나르미야 같은 데서 산 옷은 어울리지 않으니까, 아키코 씨하고 같이 다카시마야 백화점에 가서 골라달라고 하는 게 좋을까. 비싸겠지만, 평생 한 번밖에 없는 일이니까 제대로 해야지…… 그런데, 어? 나는 어디 앉는 거지? 유키 짱이 사촌 결혼식 피로연에 갔다 와서 사진을 보여줬는데, 피로연은 대부분 동그란 테이블에 앉잖아. 친척들만 앉는 테이블이 따로 있고, 자리마다 이름을 쓴 카드가 놓여 있었는데……사쿠라이 집안은 친척이라고 해야, 센다이에 사는 요코 고모 가족들밖에 없는데, 어떡하지?……그럼, 이왕 할 거, 신랑 신부 가운데 앉아버릴까나? 캭! 짱―긴장되겠다!

　사쿠라이 아메 친구 중에서, 우지이에 호쿠토는 너무 멀어서 NG, 그렇다면……미묘한데……마요하고는 요즘 거의 이야기도 안 하고, 유키나하고 세이코도 어린이집에 안 가고부터는 문자도 없고. 아빠가 타이완에 갔을 때는, 매일 편의점에서 도시락 사 먹는다고 했더니 카레 만들어주러 오겠다고 했는데……내가 잘못한 거야……아빠가 온 다음부터는 너무 소홀히 했으니까……그렇지만 정말로 여러 일이 있었어……둘 다 친구지만, 인생 상담을 할 분위기가 됐던 적은 한 번도 없고……두 사람한테 심각한 이야기를 하기에는 왠지 아니다 싶고……그것도 그렇지만, 같이 안 놀았다고 친구가 아니라면, 그것도 좀 그렇다……하지만 내가 지금 이렇게 생각하는 건 자기정당화인지도 몰라……난, 분명히 비교했던 거야……유키나나 세이코보다 아빠……유키나나 세이코보다 호쿠토, 하면서……두 사람하고는 정말로 진짜 친구고, 쭉 친했는데……유키나하고 세이코는 해바라기보육원 때부터 알았으니까, 보육원 3년, 어린이집 6년……같이 보낸 시간은, 호쿠토나 아빠하고는 비교도 안 될 정도로 긴데……2학기에도 어린이집에 안 가게 되면 길에서 만나도, 어머! 오랜만이다. 요즘 뭐해? 하는 정도의 관계가 되겠지…….

소녀는 생각을 멈추고 밖을 바라보았다. 빨래가 날리고 있다. 이제 말랐겠지, 집어넣어야겠다. 베란다로 나가니, 부—웅

하는 엔진 소리와 함께 은색 비행기가 파란 하늘에 하얀 선을 긋는 것이 보였다. 그림자는……지상에서 얼마나 멀어져야 없어지는 걸까……참새나 비둘기, 까마귀가 날 때 그림자를 본적이 있고……학교 운동장에서 놀다가 갑자기 어두워서 하늘을 보면, 커다란 구름이 배처럼 흘러갈 때가 있어……비행기 그림자는 본 적이 없지만, 구름에도 그림자가 있으니까 분명히 비행기도 그림자가 있을 거야……아무리 높이 날아도, 땅에 그림자를 끌고 가야 되다니……왠지 좀 슬프다…….

아키코 씨, 있나? 방화벽 틈으로 옆집 베란다를 들여다보았다. 흰색 운동복, 분홍색 티셔츠, 하양, 핑크, 베이지, 하늘색의 속옷……3주 전하고 똑같다……비에 젖어서 다시 빨아 널었나? 그렇지만 왠지 지저분해 보이지 않아? 하늘색 브래지어는 색도 좀 바랜 것 같고……악! 바퀴벌레! 캭! 파리도 엄청나다!

바람이 방향을 바꾸자, 악취가 풍겨왔다. 소녀는 숨을 멈추고 손으로 코를 잡았다……뭐야, 이 냄새는……음식 쓰레기? 하지만 베란다에 음식 쓰레기 봉투를 내놓은 것 같지는 않고……뭐지, 뭐야……소녀는 난간으로 몸을 내밀었다.

"무슨 일 있니?"

뒤를 돌아보니, 옆집 여자가 서 있다.

"놀라게 해서 미안. 아빠한테 열쇠를 받았거든."

여자는 빨래 바구니를 받아 방으로 가지고 들어와, 침실 바닥에서 한 장 한 장 개기 시작했다.

소녀는 악취가 방으로 들어오지 않게 창문을 닫고 에어컨을 켰다.

소녀는 여자 맞은편에 앉아, 아빠의 GAP 티셔츠를 집었다……파란 핏줄이 비치는 하얀 손……항상 투명한 매니큐어를 바르고 있어……이 사람이 3주 동안이나 빨래를 그냥 널어놓고 음식 쓰레기를 방 안에다 모아놓다니……믿을 수가 없어…….

여자가 빨래를 개면서 콧노래를 부르기 시작했다.

응? 이건 그 노래잖아? **살며시 속삭이네 여름이 왔네**……맞아, 그 노래야!

"저기, 그 노래, 제목이 뭐예요?"

"응?『여름이 왔네』야."

"여름이 왔네……가사 다 알아요?"

"응, 알아……."

여자는 손을 움직여 빨래를 개면서 노래를 불렀다.

병꽃나무 향기 퍼지는 울타리에
두견새가 벌써 와 울며

살며시 속삭이네 여름이 왔네

장맛비 뿌리는 산간 논에
모내는 아가씨 옷깃을 적시며
벗모 심는 여름이 왔네

슬픔으로 채색된 듯한 투명한 목소리······성모마리아가 자장가를 부른다면 분명히 이런 느낌일 거야······소녀는 나가사키의 일본 26성인 순교지(1597년 도요토미 히데요시의 천주교 박해로 20명의 일본인 신자와 6명의 스페인 선교사가 처형된 곳_옮긴이)에서 본 성모마리아를 떠올렸다. 아빠 방에서 찾은 그림엽서에는 '눈雪의 성모마리아'란 제목이 붙어 있었다. 뭔가를 보고 있는 것 같기도 하고, 전혀 안 보는 것 같기도 한 눈······250년 동안이나 가쿠레 기리시탄들이 기도를 바치던 그림······그림엽서 뒤에는 기도 말이 써 있었다······**이 눈물의 골짜기에서 울며 당신께 기도합니다······.**

집에 돌아온 아빠가 거실로 들어서자, 여자는 노래를 멈추고 붉어진 고개를 숙였다.

"2절로 끝이에요?"

"아니, 5절까지 있어."

"그럼 불러주세요."

여자는 노래를 부르며 접은 빨래를 다시 바구니에 담더니, 소녀와 함께 아빠 방으로 갔다.

귤 향기 퍼지는 처마 끝
창가에 반딧불이 오고 가며
서두르라 알리는 여름이 왔네

멀구슬나무 지는 강변 여관에
문 모퉁이는 멀고 뜸부기 소리
초저녁달 서늘한 여름이 왔네

장마철 어두운 밤 반딧불이 날아
뜸부기 울고 병꽃나무 피고
벗모 심는 여름이 왔네

요즘 들어 여자는 당연한 일처럼 요리와 청소, 빨래를 하고, 저녁 설거지가 끝나면 204호로 돌아갔다. 몇 년 몇십 년 전부터 해왔던 것처럼ㅡ. 텅 빈 바구니를 들고 여자가 거실로 나왔다.

"오늘 저녁은 뭐예요?"

"전골입니다."

"무슨 전골?"

"그건 뚜껑을 열어볼 때까지 기, 대, 하, 세, 요."

"좋은데요, 여름엔 전골이 제격이지. 겨울에 먹는 전골엔 청주가 좋지만, 여름 전골엔 맥주나 와인이 좋겠지." 아빠가 말했다.

"요즘 사쿠라이 셰프는 맨날 술만 마시는데, 셰프 그만두기로 했나요?" 소녀가 물었다.

"난, 기껏해야 양식뿐인데, 주제에 일식, 양식, 중식, 이탈리아 음식까지 만능인 고야나기 셰프한테 참견할 수 없지."

"오늘은 오랜만에 스파게티가 먹고 싶은데."

"얼마든지. 고야나기 셰프한테 해달라고 하자."

"그러고 보니, 요즘 콘트라베이스도 안 켜네." 이야기를 하면서 소녀는 문득 떠올렸다. 수업 참관일 저녁, 책가방을 던져 브리지가 떨어졌었지…….

"좋아, 고야나기 셰프가 음식을 만드는 동안 콘트라베이스 연주를 들려주지."

아빠는 거실 한쪽에 세워둔 콘트라베이스 케이스의 단추를 풀고 뚜껑을 열었다.

소녀는 관에 다가가듯 조심조심 검은 케이스 안을 들여다보았다. 콘트라베이스 브리지는 아무 일 없이 그대로였다. 아빠가 언제 수리하러 보냈지? 쭉 여기 있었던 것 같은데…….

아빠는 1미터 이상 되는 활을 케이스에서 꺼냈다. 손잡이 끝을 오른쪽으로 돌려 활을 팽팽히 한 다음, 송진을 들고 오른손으로 활을 두세 번 움직여 송진이 균일하게 묻도록 했다.

그리고 총에 맞은 사람을 안아 올리듯이 악기를 받쳐 들고 의자에 앉은 다음, 어깨에 힘을 빼고 등을 폈다. 오른발을 자연스럽게 뻗고, 가볍게 인사를 시키듯이 악기를 자기 앞으로 기울여, 손바닥을 위로 향하는 저먼식으로 활을 줄 위에 올려놓고 팔꿈치를 끌듯이 움직였다.

"어, 꽤 미끄러지네. 슬슬 활을 바꿔야겠는걸. 아메도 만져볼래?"

소녀가 현을 튕겨보았다.

"아메 손은 작고 부드럽구나……슈베르트가 말하기를 콘트라베이스를 연주하려면 거인 같은 손이 필요하며, 그 손은 사슴가죽으로 무장해야 한다고 했지. 요컨대 보통 손으론 안 된다는 말이지. 아빠 손은 선이 좋지?"

"야구 글러브 같으니까."

아빠가 조율을 시작하자, 콘트라베이스 목이 흔들렸다. 소녀는 살며시 목을 잡아보았다. 손바닥이 가려울 정도로 심하게 흔들렸다.

"크! 이 둥그스름한 어깨 너무 섹시하단 말이야……죽인
다……아아……이 풍만하고 부드러우며 당당한 중저음……
소리에 여운이 있지……소리가 끝없이 공간을 펼쳐가며……
우주의 울림이라고 해도 과장이 아니야……바이올린이나 비
올라, 첼로 같이 허세 부리며 캥캥거리는 소리와는 비교가 안
된다고, 그런 건, 여자들 악기야. 콘트라베이스만큼 남자 마음
을 대변해주는 악기는 없다니까."

"콘트라베이스 팔불출이네. 하지만 차에 실을 때는 조수석
을 비켜줘야 돼서, 딸내미도 뒷좌석으로 쫓겨나잖아? 딸내미
보다 콘트라베이스 아닌가? 눈에 넣어도 아프지 않을 콘트라
베이스?"

쓰르쓰르……쓰르라미가 울기 시작해, 소녀는 밖을 내다보
았다. 한여름 햇살이 아무도 안 보는 사이에 마룻바닥에서 뒷
걸음쳐, 이제는 베란다에 있는 아빠와 소녀의 샌들 위에 멍하
니 서려 있을 뿐이었다. 쓰르쓰르……쓰르라미 울음 소리를
듣는 건 올 여름 처음인지도 몰라……아마 처음일 거야……울
음 소리……처음에는 한 마리가 울었는데, 울음……울음 소리
가 몇 겹이 되어 어스름 저녁과 함께 밀려왔다……울음…….

"파트리크 쥐스킨트가 말했지. 다른 악기들이 한 트럭으로

와도 콘트라베이스에는 견줄 수 없다, 오케스트라에 지휘자가 빠지는 건 상관없지만, 콘트라베이스가 빠지면 말이 안 된다고."

"강연은 됐으니까, 한 곡 들려주시지요."

"신청곡은?"

"꿈 뒤에."

아빠는 활을 든 오른쪽 팔에 힘을 빼고, 크게 숨을 들이마셨다. 현에 팔의 무게를 듬뿍 실어 조용히 활을 켜고, 현을 누른 왼손 검지를 나비의 날갯짓처럼 움직였다.

콘트라베이스가 몸을 떨며 쓰르라미들의 합창에서 빠져나와, 사람 귀가 들을 수 있는 아슬아슬한 저음으로 땅 밑에서 올라오듯 발을 타고 전해졌다.

옛날에 아빠가, 콘트라베이스는 멀리 떨어질수록 잘 들리는 유일한 악기라고 했는데……어딘가 멀리서 들리는 것 같아…….

저녁노을이 형태를 갖춘 모든 것을 비추고, 그것들 모두를 끌어안을 것 같은 콘트라베이스 선율 속에서, 조금씩 조금씩 모양과 색이 회색 어둠 속으로 녹아 들어갔다.

소녀는 커다란 악기를 위에서 덮은 듯한 자세로 연주하는 아빠의 얼굴을 보았다.

뭘 보고 있지?

손가락이나 줄을 보고 있지는 않아.

콘트라베이스 그림자보다 조금 앞쪽……

뭐?

물웅덩이?

하고 생각한 순간, 소녀는 아빠가 소녀 속으로 들어오는 것 같은 느낌이 들었다.

하늘을 바라보니, 마침 머리 위에 보름달이 떠 있다.

밤하늘을 동그랗게 도려낸 것처럼.

함정?

우물?

5미터는 되는 것 같아.

고인 물속에는 커다란 달이 흔들리고 있다.

발밑에는 하얀……뼈……동물의 두개골이 1, 2, 3……담배 꽁초가 1, 2, 3, 4, 5, 6, 7……구두……트레킹슈즈다……복사 뼈까지 물이 찼고……카키색 바짓단엔 흙탕물이 튀었고…… 다리를 구부리고 무릎을 안은 자세 그대로 쓰러져…….

뭐?

뭘 보고 있는 거야?

뭐?

뭘 듣고 있는 거야?

뭍으로 끌려 올라와 목소리를 부여받은 물고기들의 투망 속에서의 절규 같은⋯⋯.

닻처럼 바다 속에 내려진 무념의 신음 같은⋯⋯.

소녀는 눈을 꼭 감고 두 손으로 귀를 막으며, 지금 들은 것과 지금 본 것들을 쫓아냈다.

소녀는 눈과 귀를 열었다.

비통한 꿈의 흥분에서, 멜로디는 땀을 씻어내듯 끝을 맺으려 하고 있었다. 아빠는 눈을 감고 왼손으로 섬세한 비브라토를 연주하며, 마지막 음도 애틋하게 활을 멈추려 하고 있다. 끊어질 듯 이어지던 C 울림이 사라진 뒤에도, 소녀 안에서의 울림은 사라지지 않았다.

"자, 다 됐어요."

여자가 테이블 위에 휴대용 가스레인지를 놓은 뒤, 장갑으로 냄비 손잡이를 들고 나왔다. 아빠가 활을 풀어 스틱과 프로그에 묻은 송진을 수건으로 닦은 뒤, 케이스를 옆으로 뉘었다.

여자가 뚜껑을 열자 김이 모락모락 나며 양배추 한 통이 모습을 나타냈다.

"우와, 이게 뭐야?" 소녀가 수선스럽게 말했다.

"양배추 전골이라." 아빠도 과장되게 실망한 모습을 보였다.

"앗! 두 사람 모두 실망한 거예요? 그냥 양배추가 아니라고요. 이것으로 말씀드리면─, 양배추 심을 파내고 그 안에 가고

시마산 고급 흑돼지를 채워 넣은 거라고요. 국자로 한번 떠보세요. 대파, 표고버섯, 닭 날개도 양배추 밑에 깔려 있으니까, 이렇게 국자로 치우면서 먹는 거예요. 본 아페티(불어로 Bon appetit, '많이 드세요'의 뜻_옮긴이)!"

"이거 뭐에다 찍어 먹는 거예요?"

"된장을 풀었으니까, 그냥 먹어도 돼."

소녀는 미소를 지으며 젓가락을 들었지만, 눈과 귀는 다른 곳에 버려둔 것 같았다. 지금, 이 순간, 붐, 붐, 붐, 하고 콘트라베이스 소리가 울린다 해도, 전혀 이상할 것 같지 않다. 저 깊은 구덩이 밑에서『꿈 뒤에』가 울려 퍼진다 해도—.

"잘 먹겠습니다!"

소녀는 티셔츠 소매를 걷더니 국자를 손에 들고 무릎을 세웠다.

"잘 먹겠습니다." 아빠는 젓가락을 손에 끼고 양손을 모았다.

소녀는 김이 피어오르는 냄비에서 양배추를 뜨면서 필사적으로, 지금, 이 순간에, 매달리려 했다.

휴대용 가스레인지 불은 이미 꺼졌다. 두 사람이 젓가락 놓는 것을 보고, 여자가 유리잔에 차가운 보리차를 따랐다.

"아메는 어떻게『여름이 왔네』같은 노래를 아니?" 여자가 물었다.

"들었어요…… 정확히 어디에서 들었는지는 생각이 안 나
지만……."

"내가 초등학교 때 보던 동요책에도 안 나온 오래된 노래인
데."

"아키코 씨는 어떻게 아는데요?"

"나는……."

여자는 잔을 들어 보리차를 한 모금 마시고는, 좋지 않은 소
식을 알려야 하나 고민하는 눈빛으로 냄비에 그려진 덩굴무늬
를 어루만졌다. 그리고 불이 꺼진 냄비에서 피어오르는 것 같
은 목소리로 이야기를 시작했다.

"이래 봬도, 라고 말하면 좀 이상할지도 모르겠지만, 나 영
화광이야. 취미는 영화감상입니다, 하는 수준이 아니라 현실
에서 도피할 수 있는 때라곤 영화를 볼 때뿐이라고 할 정도로.
시간적으로나 정신적으로 여유가 없을 때일수록 보고 싶어서
어쩔 줄을 모르지…….

그런데 신기한 건, 우연히 본 영화가 그때의 내 상황하고 딱
들어맞을 때가 많다는 거. 내가 그 영화를 고른 게 아니라 그
영화가 나를 선택한 것 같은…….

작년 8월에 오사카에 출장을 갔었어. 난 출판사 영업부에 있

었는데, 담당 구역이 오사카여서, 한 달에 한 번은 오사카에 있는 서점들을 돌며 재고 확인이랑 신간 주문을 받아야 했거든. 출장은 8월 27일부터 1박 2일이었지만, 이틀만 휴가를 내면 토요일과 일요일 합해 4일간 쉴 수가 있어서, 출장 때 머무르는 비즈니스호텔에서 리츠칼튼호텔로 옮겼단다.

관광을 할까 해도 오사카 지역을 담당한 지 5년째라, 거의 반은 오사카 시민이야. 오사카는 음식이 싸고 맛있기로 유명하지만, 특별히 미식가도 아니고 업무상 접대 때문에 여기저기 하도 다녀봐서, 4일간은 아무튼 영화 삼매경에 빠지기로 했지. 낮에는 극장에서, 저녁에는 비디오를 빌려와 호텔 침대에 누워서 봐야지 하고 말이야…….

많이 지쳐 있었거든……업무상으로는 불만이나 문제가 없었지만, 일 외의 인간관계가 어쩔 수 없을 정도로 꼬여……풀 수도 끊을 수도 없게 돼서…….

첫날은 밖에 나갈 기운도 없어서 종일 잠만 잤어. 저녁 어정쩡한 시간에 잠이 깼는데, 더 이상 잠도 안 올 것 같고 해서 침대에 엎드려『간사이 피아』라는 공연이나 영화 스케줄이 나온 잡지를 넘기면서 뭘 볼까 궁리 중이었지.

오즈 야스지로의『바람 속의 암탉』이란 영화 아니? 난 오즈 감독을 좋아해서 그의 영화는 거의 다 봤고, 관련된 책도 몇 권이나 읽었단다. 그래서 『바람 속의 암탉』이 오즈 감독의 영화 답지 않게 음산하고, 전쟁터에서 돌아온 남편 역의 사노 슈지 가 군인답지 않게 살이 쪘다든가, 무례하고 오만하다느니, 비 애나 페이소스의 그림자를 거의 찾아볼 수 없다느니, 부부간 의 갈등이 표현되지 못했다느니 하는 혹평을 받은 것도 알고 있었어. 그래서 도대체 어떤 영화일까 보고 싶었지만, 오즈 특 집 같은 기획에도 들어 있지 않고, 비디오가게 같은 데서도 찾 을 수가 없어서 그동안 보지 못했어.

그런데 그 영화가 상영 중인 거야. 시네 누보에서 몇 번 영화 를 본 적이 있는데, 지하철 중앙선 쿠조오 역에서 내려 2, 3분 정도 걸으면 되는 곳에 새로 생긴 극장이야. 내부 장식은 극단 '유신파'의 마츠모토 유우키치가 담당했고, 극장 고문에는 우 에노 고오시랑 이치카와 준, 오구리 코오헤이, 쿠로키 카즈오, 하라 카즈오 같은 영화감독들 이름도 끼어 있단다.

영화 시작은 4시 55분, 작은 극장이었는데, 관객은 나를 포 함해 겨우 열 명 정도였을까.

『바람 속의 암탉』의 첫 장면은 커다란 가스탱크를 비추는 걸 로 시작해······무거운 짐을 진 두 여자의 뒷모습이 멀어져가는 데, 한 명은 비도 안 오는데 우산을 받치고 가지······휴지조각 처럼 배추흰나비가 날아다니고······여자들이 향하는 곳에는 처마 밑에 빨래가 드리워진 초라한 집들이 보여……."

여자는 보리차를 다 마시고 시선을 베란다 난간쯤에 고정시켰다. 두 사람이 관심 있게 듣는지 어떤지 상관없는, 대답이나 맞장구를 원하지도 않는 완전한 독백이었다.

"부부 이야기란다……전쟁이 끝나고 4년이나 지났는데도 돌아오지 않는 남편을 거의 포기 상태로 기다리면서, 바느질 하청으로 다섯 살 난 사내아이를 키우는 아내 이야기…….

이야기는 아이가 급성대장염이란 큰 병에 걸리면서 전환점을 맞게 돼. 일단 목숨은 구하지만, 입원비를 미리 내야 하는 아내가 돈을 구할 길이 없어 고민에 빠지지. 그때는 보험증 같은 걸 갖고 있는 사람이 드물었기 때문에, 정말로 큰돈이야……그래서, 매춘을 하게 되지……딱 한 번…….

아이가 무사히 퇴원을 한 다음, 아내는 남편 사진 앞에서 사죄를 해……액자에는 양복 차림의 남편……군복 차림의 남편……행복을 가져다 준다는 네 잎 클로버…….

그리고 몇 주가 지난 어느 날, 갑자기 남편이 돌아오는 거야……남편은 집을 비운 사이에 있었던 일들을 물어보고, 아이가 입원했던 일을 이야기하던 아내는, 누구한테 돈을 빌렸냐는 남편의 질문에 아무 말도 못해. 그러다가 '말할 수 없는 방법이냐?'는 남편의 추궁에 사실을 털어놓고 말지…….

남편은 아내를 용서할 수가 없어, 미주알고주알 캐묻지. '저녁에 그랬냐?' '몇 시쯤이었냐?' '남자가 미리 와 있었냐? 아니면 나중에 왔냐? 어느 쪽이야!' '뭐 하는 놈이야! 이봐! 어떤 놈이야! 말 못해! 이년!' 남편이 두 손으로 아내를 밀쳐내고 '더러운 계집!' 하면서 빈 깡통을 던져대지.

그리고 어찌할 바를 모르는 남편은 아내가 몸을 팔았다는 매춘가를 찾아가.

『여름이 왔네』는 이 장면에서 흐른단······.

'한 명 불러주게.' 남편이 여주인한테 화가 난 사람처럼 말하지. 2층으로 안내를 받고 올라가 멍하니 방석 위에 앉아 있는데, 밖에서 '아—아—아—아—.' 하는 발성 연습 소리가 들리는 거야.

창가에 서서 밖을 내다보니, 공교롭게도 초등학교 교정이 펼쳐져 있어······풍금의 전주가 흐른 뒤에······.

병꽃나무 향기 퍼지는 울타리에

두견새가 벌써 와 울며

살며시 속삭이네 여름이 왔네

계단을 오르는 소리가 나서 뒤를 돌아보니, 화장기 없는 젊은 여자가 서 있어.

남편이 여자한테 나이와 이름, 몸을 팔게 된 동기를 묻는 내

내, 아이들의 노랫소리가 들려. 노랫소리에 이끌려 창가로 다가간 여자가 말하지.

'전, 여기 초등학교를 나왔어요. 저기에서 은행을 줍기도 했지요.'

결국 남편은 돈만 놓고 그 자리를 떠나.

스미다 강 강가에서 멍하니 있는 남편 곁으로, 조금 전에 만난 여자가 도시락을 가지고 와서는 '돈만 받아 죄송해서.' 하면서 주먹밥을 내밀어. 남편은 그걸 받아 먹어. 남편은 여자를 동정해 '일할 곳을 찾아주지.' 하고 약속을 한단다.

남편은 작은 출판사를 운영하는 친구를 찾아가, 그 여자에게 일자리를 주도록 부탁하지.

'그 여자를 용서하면서, 어째서 부인은 용서할 수가 없나. 이미 지난 일이야. 부인을 용서하게.' 하고 친구는 남편을 설득하지만,

'아니, 나도 용서하고 싶네. 어쩔 수 없는 일이었다는 생각도 한다네. 하지만 마음이 좀처럼 가라앉질 않아. 뭔가 끓어올라 안절부절못하네. 비지땀이 나네. 잠을 잘 수가 없다네. 소리를 치고 싶단 말이네. 나로서도 어쩔 수가 없어.'

아침에야 집에 돌아온 남편은 아내가 '용서하세요, 당신을 고통스럽게 해서.'라고 말하며 울면서 용서를 비는 모습에 참

198

을 수가 없어 다시 집을 나가려고 해. 그리고 '오늘만은 집에 계셔주세요.' 하고 매달리는 아내를 '비켜!' 하고 소리치며 내치고 말아. 아내는 계단에서 굴러 떨어지지……머리부터…….

계단 밑에서 꿈쩍도 못하는 아내를 남편이 계단 중간에 서서 불러.

'도키코! 도키코! 도키코! 괜찮나? 이봐, 아무 일 없는 거지?'

아내는 '네.' 하고 작은 소리로 대답을 하고 어떻게든 일어나려 하는데, 남편은 아내에게 미안하단 말도, 가서 도와주려고도 않고 2층으로 올라가버려.

하지만 아내가 다리를 끌면서 한 발 한 발 계단을 올라가자, 갑자기 남편은 아내를 용서한다고 말해.

'여보, 잊어버립시다. 잊어버리는 거야. 그건 실수였어. 이런 일에 연연한다면 우린 더욱 불행해질 거야. 잊어버립시다. 잊어버려. 나는 잊었소. 당신도 잊어버려. 두 번 다시 입에 올리지 마오. 두 번 다시 생각지도 마오. 둘 다 더 큰 마음을 갖는 거요. 훨씬 더 깊은 애정을 갖는 거요. 알겠소?'

나는 다음 날도, 그 다음 날도, 그리고 그 다음 날에도 『바람 속의 암탉』을 봤단다.

마지막에, 남편은 자기 다리를 부여잡고 우는 아내 머리를 쓰다듬으며, 이렇게 말해.

'앞으로 살날이 많소. 많은 일이 있겠지. 이보다 더한 일이 있을지도 모르나, 동요하지 않는 나와 당신이 되는 거요. 어떤 괴로움이 있어도, 웃으면서, 서로를 믿으며 나가는 거요. 알겠소? 그것이야말로 진정한 부부요. 진정한 부부가 되는 거요.'

하지만, 그건······하지만 나는······"

찰칵, 여자는 지포라이터 뚜껑을 여는 소리에 제정신이 들었는지, 추도 움직이지 않는 벽시계를 보았다.

"어머? 벌써 9시? 이야기가 길어져서 미안해요. 야—큰일이다!"

당황스러운 듯 쟁반에 그릇을 올려놓았다.

"설거지는 괜찮아요, 둘이서 하지요. 그렇지, 아메?"

"하지만 아메는 조금 있으면 잘 시간인데."

"자고 가면 될 텐데." 소녀는 토스로 배구공을 던지듯이 말했다.

소녀가 던진 말이 여자와 아빠 중간에 떨어졌다.

쟁반을 들고 있던 여자의 몸이 약간 기울더니,

"그럼, 그렇게 할까? 집에서 필요한 거 챙겨 올게요!"

현관문이 닫히고, 소녀는 『바람 속의 암탉』 스토리를 반추해 보았다. 저렇게 정색을 하고 이야기하다니, 이상해······누구한테 들려주고 싶은 거지? 나? 아빠? 오즈 야스지로 솔직히 들은 적도 없고……아빠도 영화에는 별로 관심 없는데……그리고 매춘이니, 창부니, 몸을 판다느니, 아내를 계단에서 밀쳐냈느니, 초등학생한테는 좀 그렇지 않아? 정말, 15살 미만 금지에 걸린다고요……게다가 중간부터는 드라마 내레이션 같았고, 눈빛도 약간 간 사람 같았어……대사도 통째로 외웠나 봐……역시 이상한 사람일까……음식 쓰레기를 붙박이장 같은 데 집어넣고, 바퀴벌레하고 파리투성이인 방에서 먹고 자는 걸까……하지만 아빠는……아빠는 아키코 씨를 어떻게 생각할까? 좋아하는 거겠지?

소녀는 부엌 물소리에 귀를 기울였다.

벽 저편에서 전화벨 소리가 울렸다.

아키코 씨……전화 안 받아?

아빠가 거실로 나와 카멜을 한 대 물었다.

"어떻게 된 거지?" 소녀가 지포라이터를 아빠한테 던져주었다.

"받기 싫을 때도 있겠지." 아빠는 찰칵 소리를 내더니, 불을 붙이기 위해 몸을 구부렸다.

이번에는 초인종 소리, 딩동……딩동……딩동……딩동딩동딩동딩동딩동…….

그 남자다! 소녀가 일어났다.

201

"그냥 있거라. 아키코 씨 나름대로 사정이 있겠지." 아빠는 담배 연기와 같은 정도로 조용히 말했다.

"무슨 사정?"

"나나 아메한테는 알리기 싫은 사정이겠지."

아빠가 눈으로 소녀를 제지했다. 살 속의 뼈와 피가 흐르는 것까지 꿰뚫어보는 것 같은 눈빛이다. 소녀는 아빠와 자기가 서 있는 곳에 보이지 않은 분명한 선이 그어져 있는 것 같았다. 나랑 아키코 씨 사이에도 뭔가 거리가 있어서, 그 이상은 다가갈 수가 없다. 아빠랑 아키코 씨는 같은 영역에 있는 것 같아. 그건 어른과 아이 같은 애매한 경계가 아니라, 훨씬 더 분명한一.

초인종 누르는 소리가 멈추자, 이번에는 다시 전화벨이 울렸다. 따르릉, 따르릉, 따르르릉…….

간다 아츠시 님

　이대로……연락을 끊은 채 헤어지려 했지만, 자살이란 형태이
긴 하나, 당신과 나눈 결혼 약속을 일방적으로 파기하는 것임에
는 변함이 없어, 당신이 어째서? 하는 생각을 갖지 않도록 편지
를 쓰기로 했습니다.
　하지만 아직도 망설여집니다.
　이 편지를 쓸 것인지.
　아직도 흔들립니다.
　삶과 죽음 사이에서.

1년 동안 저는 줄곧 흔들렸습니다.

당신이 그녀와 함께 보냈던 그날 밤의 고백을 듣고 나서, 쭉—.

당신은, 그건 이미 지난 일이고, 단 한 번의 실수가 아니냐고 할지 모르겠습니다만, 당신이 그녀와 잔 일은, 내게 결코 과거가 될 수 없었습니다.

나는 지금도, 당신이 나를 배신하고 그녀와 함께한, 그 밤 속에 있습니다.

내가 당신에게 말했지요.

"난 당신이 저지른 잘못을 공유하고 싶어. 과거를 함께 짊어질 수 없다면, 미래를 향해 함께 걷지도 못할 거야. 왜냐하면 과거와 미래는 서로 잇닿아 있으니까."

나는 처음부터 끝까지, 당신이 기억하고 있는 모든 것을 이야기해 달라고 했지요.

당신은 이야기했어요. 솔직하게 모든 것을, 모든 걸 다, 두 사람이 처음으로 밤을 지낸 호텔에서, 우리 둘이 고른 약혼반지를 낀 채 일을 치른 것까지—.

나는 "없었던 일로 잊어버릴 순 없어, 당신을 사랑하니까. 있었다고 인정하고 용서할 수밖에, 난 당신하고 결혼할 테니까." 하고 말했지요.

그날 이후, 그 일에 대해서는 이야기한 적이 없었죠.

하지만……당신에게는 이야기하지 않았지만……당신 곁에 누우면, 반드시 그날 밤의 꿈을 꿉니다.

꿈이 아니에요.

그날 밤의 재현입니다.

그날 밤의 일은 상상이 아니라 기억입니다.

나는 모든 것을, 분명히 기억하고 있어요.

내 눈은 당신의 눈이 되어 그녀의 알몸을 보고, 내 귀는 당신의 귀가 되어 그녀의 신음 소리를 듣고, 내 입은 당신의 입이 되어 그녀의 혀를 빨고, 내 손은 당신의 손이 되어 그녀의 그곳을 더듬고, 내 그곳은 당신의 페니스가 되어 발기하고, 그녀 안으로 들어가, 찧고, 돌리고, 찧고 찧고, 당신과 그녀와 함께 절정에 이릅니다.

결혼 후, 매일 밤 당신 곁에서 잠을 자면, 나는 매일 밤 그녀를 끌어안아야 되겠지요—.

견딜 수가 없어요.

당신이라면, 견딜 수 있겠어요?

그리고 나도 당신을 배신했습니다.

당신이 아는 남자와 하룻밤을 함께했습니다.

당신과 그녀가 함께 보낸 같은 호텔방에서, 당신과 마찬가지로 약혼반지를 끼고, 당신들처럼 체크인해서 체크아웃할 때까지 쭉 알몸으로, 한숨도 자지 않고 섹스에 탐닉하고, 7시 반에는 모닝서비스로 아메리칸 브렉퍼스트를 두 개 시켜, 벌거벗은 채 토스트를 먹다, 반도 먹기 전에 그의 페니스를 입에 물고, 입속으로 흘러나온 정액을 마신 뒤에 오렌지주스로 입을 헹구고, 웃으며 달걀 반숙을 먹었습니다, 맨손으로 움켜쥐고!!

그리고 당신이 그랬던 것처럼, 그 사람 차로 당신 아파트까지 데려다 달라고 해, 차에서 내리기 전에 진한 키스를 한 다음, 당신이 기다리고 있는 아파트로 달려갔습니다.

나는 당신의 와이셔츠 단추를 풀었어요. 당신이 내 블라우스 단추를 푼 것처럼—.

그날 밤, 나는 꿈을 꾸었습니다.

내 눈은 그녀의 눈이 되어 당신의 알몸을 보고, 내 귀는 그녀의 귀가 되어 당신의 신음 소리를 듣고, 내 입은 그녀의 입이 되어 당신의 혀를 빨고, 내 손은 그녀의 손이 되어 당신의 페니스를 움켜쥐고, 내 거기는 그녀의 거기가 되어 젖고, 당신을 받아들이고, 찧고, 돌리고, 찧고 찧고, 그녀와 당신과 함께 절정에 이릅니다.

더 이상 견딜 수가 없어요.

한 번만 더 같은 꿈을 꾼다면, 미쳐버리고 말 거예요.

이미 미쳤는지도 모르지요.

아니요, 미쳤음에 틀림없습니다.

미치지 않았다면, 어떻게 이런 미친 편지를 쓸 수 있겠어요.

저는 미쳤습니다.

나는 내 안에 둥지를 튼 그날 밤을 죽이려 합니다.

그날 밤을 죽이기 위해서는 죽을 수밖에 없어요.

나는 그날 밤과 함께 동반 자살합니다.

당신을 지금도 사랑해요.

사랑하는 마음은, 약혼반지를 나눴을 때와 변함이 없습니다.

결혼할 수 없어, 미안해요.

사랑해요.

안녕.

2004년 6월 30일

고야나기 아키코

　남자는 복도의 비상등 아래서 다시 편지를 읽었다. 내용은
어지럽지만 필체는 단정하고, 만년필로 썼는데도 한 자도 잘
못 쓴 데가 없다. 파란 물결 모양의 봉투 봉함에는 풀 대신 열

대어 스티커가 붙어 있다. 편지에는 6월 30일이라 적혀 있지만, 우표 소인은 7월 20일, 우체통에 넣기를 망설이다 3주가 지난 거겠지. 오늘은 7월 27일, 우표 소인에서 일주일이나 지났다. 암스테르담에 출장을 갔다가 오늘 저녁에 돌아와, 우체통에서 그녀의 편지를 발견하고, 그 자리에서 뜯어보았다. 기겁을 하고 한 달 동안이나 연락이 두절된 그녀의 아파트로 달려왔지만—.

있다, 없다, 있다, 없다, 없다없다없다없다, 전화를 해도 메일을 보내도 초인종을 눌러도, 아무런 대답이 없다. 설마, 벌써—, 아니, 그녀는 자살 같은 걸 할 타입이 아니야, 나보다 몇 배는 이성적이고 강한 사람이야. 남자는 주머니 속에서 그녀에게 받은 열쇠를 꺼냈다. 하지만 줄곧 그 일을 가슴에 두고 있었다니, 아키코답지 않다. 이미 1년 반이나 지난 일이다. 처음엔 무섭게 화를 내지만, 늘 다음 날이면 마음을 풀었는데, 그런 여자니까 함께 살 수 있을 거란 생각도 했고.

나도 그 일 이후는 한 번도 한눈을 판 적이 없고, 한잔할 일이 있어도 여자들이 동석하는 데는 가지 않았다. 사람들과 어울려 귀가 시간이 늦어질 때면 몇 번이나 문자를 보내서 같이 있던 동료나 거래처 사람들의 실소를 사기도 했고, 고주망태가 되어 돌아와서도 옷을 갈아입거나 목욕을 하기 전에 우선 전화를 했다.

편지를 읽고 후회스러운 건, 아키코한테 모든 것을 이야기한 것이다. "용서하기 위해서는 사실을 알아야 하잖아. 알기 위해 묻는 거니까, 하나도 숨기지 말고 이야기해줘요." 하면서 아무렇지도 않은 얼굴로 물어보길래, 나도 그렇게 대답을 했다. 하지만 이제와 생각해보면, 자세한 부분은 무슨 일이 있어도 이야기하는 게 아니었다. 처음부터 말할 생각은 없었다. 나도 모르게 말실수를 했는데, 아키코가 캐물어 처음엔 시치미를 뗐지만 "내가 오해하는 거라면, 지금, 여기서 수화기 들고 전화해봐요." 하는 바람에 자백을 하고 말았다. 그때는 어떻게든 용서를 받으려는 마음에, 뒷일을 생각할 여유가 없었다. 용서받지 않으면 끝장이라고, 약혼은 파기라고 생각했기 때문에, 묻는 말에 솔직히 대답했다.

—하지만 이 편지에 써 있는, 내가 아는 남자랑 잤다는 얘긴 정말일까? 사실이라면, 누구지? 회사 사람 중에 아키코가 아는 사람은 아오키, 호시노 정돈데, 그 녀석들한테 그런 배짱이 있을까? 그럼, 누구지? 친구 중에? 소개를 시킨 건 오츠키 히로토, 가제노 사토시, 하세가와 다이치……아, 미즈타 테루히사하고도 한 번 밥 먹은 적이 있었나……그래, 있었지……히로오에 있는 중국집에서……미즈타 테루히사는 안 되는데, 테루

히사만은 절대로 안 돼……하지만 아키코가 나한테 복수를 하기 위해 갔다면, 테루히사일 가능성이 크지……나한테 상처를 주기 위해서였다면 분명히 테루히사다……테루히사한테 전화해서 솔직히 물어볼까…….

하지만 아키코가 그런 일로 나를 배신하는 건, 있을 수 없는 얘기야. 분명히, 거짓말일 거야. 아니, 거짓말이야. 이 편지는 결혼 전에 벌을 내린 걸 거야, 결혼 후에 바람 못 피우게 하려는 견제 같은 걸 거야. 이미 예식장도 잡아놨고, 웨딩드레스 가봉도 끝났고, 청첩장 발송도 끝났는걸. 신혼여행지인 몰디브의 호텔과 항공권도 이미 예약해뒀어. 뭐 하나 빠진 게 없어. 남은 건 10월 16일, 길일인 토요일에 식을 올리는 것뿐이잖아.

분명히, 그거다. 사귄 지 8년 동안, 매년 반드시 한 번은 쿵 하고 바닥까지 떨어지는 그거. 아무한테 연락도 안 하고 훌쩍 사라지는 사람이니까, 지금쯤, 어디 호텔에 박혀서 영화라도 보고 있는 게 틀림없어. 영화를 그냥 좋아한다기보다 완전 광이니까. 그런데도 한 번도 같이 영화를 본 적이 없지. 아키코는 영화는 혼자 봐야 된다고 생각하니까.

"왜 영화를 좋아하냐면, 영화를 볼 때는 다들 다른 생각 않고 눈앞에 있는 영화만 보기 때문이야. 애인이랑 함께 가면, 보고 있는 동안에도 서로 신경 쓰이고, 영화가 끝나면 끝나는 대로 상대가 영화를 어떻게 봤는지 궁금해지잖아? 그게 싫어. 나는 캄캄한 데서, 누구의 존재도, 생각도, 느낌도 신경 쓰지 않고, 영화랑 일대일이 되고 싶어. 그런 시간이 필요하고, 그런 시간을 가질 수 없다면, 난 살기 힘들 거야. 극장 제일 앞자리에 앉아 영화를 보면서, 아무도 보는 사람 없이 죽을 수 있다면 최고일 것 같아." 하면서 웃었지……적극적이고 긍정적인 사람이 별 이야기를 다 한다 생각했었는데, 그게 언제였을까, 그렇게 오래전은 아닌 것 같은데, 기껏해야 6개월 전―.

마지막 메일은 6월 27일, 편지에 적힌 날짜의 3일 전이다. 제목은 바람 속의 암탉. 뭔가 하고 구글에서 검색해봤더니, 영화 제목이었다. 1948년 오즈 야스지로 감독의 전후 두 번째 작품으로, 주연은 세키구치 히로시의 아버지인 사노 슈지하고 왕년의 여배우인 다나카 키누요. 어린 아들을 데리고 남편이 전쟁터에서 돌아오기를 기다리던 아내가 아들의 입원비를 벌기 위해 몸을 팔고, 뒤늦게 집으로 돌아온 남편에게 사실을 고백한 결과, 남편은 아내의 부정을 용서하지 못해 고뇌하다가 마지막에는 용서한다는 이야기……지금 생각해보면, 그 메일은 이 편지의 복선이었겠지. 하지만 그렇다면 '용서'란 메시지여야 하는데―.

주머니 속의 열쇠에 땀이 밴다. 나는, 아침까지, 여기서, 이렇게, 아키코한테 연락이 오기를 기다려야 하나? 잠긴 문 앞에서, 열쇠가 손 안에 있는데, 좋아, 열까. 연다. 열 거다.

주머니에서 열쇠를 꺼내자, 열쇠에 달려 있던 은으로 된 네 잎 클로버가 흔들렸다.

"알겠지? 이건 쓰라고 주는 열쇠가 아니야. 신뢰의 증표야. 그러니까 절대로 쓰면 안 돼. 만약에 이걸로 문을 연다면, 그 순간 모든 것이 끝이니까."

그렇게 말하면서 열쇠를 건넨 건, 그 메일을 보내기 1주일 정도 전이었다. 나는 "어쩐지 다마테바코(玉手상자. 전설에서 거북이를 살려준 우라시마 타로가 용궁에서 받아온 상자. 함부로 남에게 보여서는 안 되는 귀중한 것_옮긴이) 같다." 며 웃으며 받았다. 이 열쇠도, 지금, 이 순간과 연결되어 있는 건가?

남자가 열쇠를 꽂았다.

철컥 하는 소리가 나, 꿀꺽 하고 침을 삼켰다.

문고리를 잡아당겼다.

문이 열렸다.

밀려온 악취가 입에서 위로 내려가더니 목으로 역류해 입안 가득 넘쳤다. 남자는 구토를 했다. 나리타 공항에서 먹은 찌개 정식이다. 마늘과 김치, 커피가 한데 섞인 토사물 냄새도 지워버릴 만큼 강렬한―, 부글부글 메탄가스가 끓는 늪지대에, 적조 때문에 떠오른 물고기들을 까마귀가 쪼아 먹을 때의, 그것들의 농축된 악취가, 등을 구부리고 토악질하는 남자의 콧구멍으로 가차 없이 밀어닥쳐, 남자의 위를 휘몰아치게 했다. 남자는, 자기가 여자의 스물여섯 살 생일에 사준 프라다 핑크 샌들에다 토하는 것도 모르고, 목을 양손으로 잡고 기침을 하면서 토하고, 토하면서 기침을 했다.

참을 수 없는 악취 속에서, 남자는 눈을 크게 떴다. 초점이 맞질 않는다. 눈으로 들어가는 땀을 와이셔츠 소매로 닦고 깜빡거리자, 수십 마리, 수백 마리, 수천 마리의 파리 무리가 시야를 가로막았다.

남자는 손으로 코와 입을 막고, 말 없는 비명을 끌어안고 안으로 들어갔다.

거실 문을 연다.

거실은 가로등과 옆집에서 새어나온 불빛으로 완전한 어둠 속은 아니었다. 남자는 좌우를 살펴보았다. 없다, 없다, 없다없다없다. 거실 방충망 밖 베란다에 빨래가 널려 있는 것이 보인다. 미지근한 바람이 불어, 하늘색 브래지어가 손짓을 하듯 흔들렸다. 갑자기 누가 뒤에서 머리카락을 잡아당긴 것처럼 두피가 위로 끌려가고, 이마에서는 순식간에 땀이 솟고, 위가 주먹처럼 쪼그라들었다. 남자는 공포에 떨면서도, 다시 한 번 방을 둘러보았다. 텔레비전의 전원 램프에 빨간 불이 켜 있다. 소름이 돋는데도, 땀이 멈추질 않는다.

천장에서 뭔가가 떨어지더니 머릿속으로 파고들었다. 벌레다! 소리치며 잡자, 손바닥에 벌레가 까맣게 반짝였다. 남자는 찌그러진 몸으로 다리와 촉각을 움직이고 있는 바퀴벌레를 털어내고 손바닥을 바지에 문질렀다. 그 사이에 소매로 한 마리가 들어와, 팔, 어깨, 가슴, 목―, 남자는 기어 올라오는 바퀴벌레를 털었지만, 같은 놈인지 다른 놈인지가 이번에는 바짓가랑이에서―, 상체를 구부리고 양손으로 바지를 털고 있는 사이에 심한 오한이 밀려왔다. 옷 속으로 들어온 것이 한 마리인지 두 마리인지 세 마리인지 네 마리인지 알 수가 없어서, 정신없이 자기 몸을 때리고 머리를 감듯이 손가락을 넣고 머리를 흔들었다.

바닥도 벽도 천장도 바퀴벌레투성이―, 쉬지 않고 기어 다니는 통에, 바닥과 벽과 천장이 흔들리는 것처럼 보인다. 바스락바스락 서걱서걱 바스락바스락, 숨소리만으로 재잘재잘 이야기하는 것처럼 들린다.

남자는 공포로 인해 더욱 예민해진 귀를 바짝 세웠다. 저 소리, 뭐지? 찌찌찍, 쥐다, 한 마리가 아니야, 찌익찌익찍 찌익찌익찍―.

214

어둠 속은 살아 있는 것들의 소리로 차고 넘쳤지만, 어둠을 둘러치고 있는 이 방은 이상할 정도로 침묵에 쌓여 있다.

남자는 서 있기 위해 안간힘을 썼다. 발은 바닥에 붙었고, 무릎이 덜덜거린다. 덜덜거리는 폭이 심해지면서, 관절이란 관절이 풀리고, 뼈란 뼈가 어긋나ㅡ, 남자는 자기 정신이 낡은 페인트 칠처럼 벗겨지는 것을 느꼈다.

두려움에 조여오는 목에서 쿨럭쿨럭 소리가 샌다.

소리치거나 신음하거나 비명을 지르는 자기 소리를 듣게 된다면, 분명히 미치고 말 것이다. 그리고 영영 이 방에서 나올 수 없게 될 것이다. 영원히 어둠 속에 갇히고 말 것이다.

남자는 고집스럽게 턱을 당기고, 몸이 떨리지 않게 힘껏 팔짱을 끼고, 머릿속을 비우기 위해 심호흡을 했다. 그래봐야 쥐고, 그래봐야 바퀴벌레, 그래봐야 파리, 그래봐야 쥐, 그래봐야 바퀴벌레, 그래봐야 파리ㅡ, 악취로 끈적거리는 공기가 액체처럼 목구멍을 타고 흘러 들어와, 남자는 다시 토악질을 했다.

밖으로 나가고 싶다.

참을 수가 없어.

이러다가 미치고 말 거야.

하지만ㅡ.

남자는 눈물이 고인 눈, 토악질로 더럽혀진 입을 닦으려고도 않고 발을 옮겼다. 오른발, 왼발, 오른발, 왼발, 닫힌 목욕탕 문 밑으로 빛줄기가―. 어째서 처음부터 몰랐을까? 아니, 알았을 거야. 밝은 곳에서 무시무시한 광경을 목격하는 것이 두려워, 못 본 척하고 있었던 거다.

물소리가 나나? 안에 있나? 남자는 몸을 구부리고 어깨를 움츠린 방어 태세로 팔을 뻗어, 핏기가 가신 마른 손으로 목욕탕 문을 열었다.

샤워커튼 안쪽에 그림자가 보인다.

"아키코."

남자는 여자 이름을 부르고, 커튼을 치웠다.

없다.

욕조 배수구 주변에는, 긴 머리카락과 음모처럼 보이는 고불고불한 털이 붙어 있다.

남자는 목욕탕 불빛을 등지고 마지막 남은 방으로 향했다.

침실 문고리에 손을 댄다. 역시 잠겨 있다. 방문을 찼다. 손톱 끝까지 저려왔지만, 상관 않고 온몸의 체중을 어깨에 실어 문에 부딪쳤다. 몇 번을 되풀이하자 문이 열렸다.

땀이 흥건하다.

숨이 거칠다.

파리와 바퀴벌레와 쥐가 다른 방과는 비교가 안 될 정도로

많았지만, 그것들이 내는 소리보다도 남자의 심장 소리가 더
컸다.

맹인처럼 손을 크게 벌리고, 한 발, 한 발, 쥐똥으로 발밑이
두툼하다. 한 발, 한 발, 발밑에서 뭔가가 채여 내려다보니, 약
병과 빈 맥주 캔이 굴러다녔다.

저는 미쳤습니다.

나는 내 안에 둥지를 튼 그날 밤을 죽이려 합니다.

그날 밤을 죽이기 위해서는 죽을 수밖에 없어요.

나는 그날 밤과 함께 동반 자살합니다.

이불과 바닥이 코르타르를 발라 문지른 것처럼 까맣게 반짝
이고, 사람의 형체로 봉곳 솟은 이불 위에는 하얀 쌀알 같은 것
들이 뿌려져 있다.

라이스 샤워Rice Shower?

남자는 빛을 잃은 눈으로 그것을 바라보았다.

그것이 움직이고 있다.

구더기.

남자는 자기가 무슨 짓을 하는지 알지 못한 채 이불로 손을
뻗었다.

얼굴이, 없다.

문드러졌다.

살이, 없다.

살은, 있다.

여기, 두개골과 광대뼈에 붙어 있다.

이는, 있다.

결혼 전에 뺄까 말까 고민하던 왼쪽 송곳니도, 그대로, 있다.

남자는 시선 같은 것이 느껴져, 움푹 꺼져 텅 빈 눈에 눈을
맞췄다.

무수한 구더기가 창백한 몸 위에서 꿈틀거렸다.

머리는 베개 위에 놓여 있다. 두개골에 남아 있는 두피에서
웨이브진 풍성한 검은 머리카락이 펼쳐져 있다. 정사를 마친
다음처럼 머리카락을 어루만지자, 머리카락이 의지를 가진 것
처럼 물결쳤다.

창밖으로 자초지정을 지켜보던 반달이, 남자와 여자의 반
지, 두 개의 블루다이아몬드를 동시에 비췄다.

약혼반지를 끼고 있는 왼손 약지에만 완벽하게 살이 남아
있었다.

다이아몬드의 반사로, 남자의 눈빛에 제정신이 돌아왔다.

다이아몬드가 머리카락에 걸려 떨어지질 않는다.

남자가 두개골에서 머리카락을 잡아떼자, 장비도 없이 물속
으로 잠수했다 나온 사람처럼 입이 크게 벌어졌다.

소녀는 비명 소리를 들었다. 몇 번이고 되풀이되는 비명, 목이 쉰 다음에도 비명은 계속되었다. 문이 꽝 하고 닫히는 소리. 다시 비명 소리. 소녀는 벽 건너편에서 일어나고 있는 모든 일을 빠짐 없이 들으려고 귀를 기울였다.

아빠가 담배에 불을 붙였다.

······아무 말도 안 한다.

왜?

안 들릴 리가 없어.

왜냐하면, 저렇게······.

거실 문이 열렸다. 204호 여자다. 갈고리처럼 구부린 팔에 편의점 비닐 봉투가 자국을 만들었다……잠옷……속옷……
로션…….

소녀는 여자 얼굴을 올려 보았다.

화를 내지도, 슬퍼하지도 않는 얼굴이다…….

웃었어…….

소녀는 숨을 멈추고 시선을 움직이질 못했다.

난 뭘 보고 있는 거지?

난 뭘 듣고 있는 거야?

보고 있는 것과, 듣고 있는 것이 서로 겹쳐지지가 않아. 머릿
속 여기저기서 불이 난 것 같다. 머릿속 깜깜한 곳에 억지로 가
둬둔 말이 입구를 찾아 날뛰고 있다……나오지 마……부탁이
야……아아, 머리가 아파……머리가 터질 것 같아…….

입 안이 바싹 마르고, 숨을 쉴 때마다 숨이 목에 걸린다. 무
의식중에 휴우 하고 커다란 숨을 뱉자, 갑자기 바람이 인 것처
럼 귓속이 웅성거리고, 웅성거림이 몸 전체로 퍼져 갔다. 소녀
는 웅성거림을 참을 수가 없어, 소리를 냈다.

"누가, 아키코 씨 집에……."

"응? 누가……."

"아까 비명 소리가……."

"어머, 그래? 우리 집에는 아무도 없는데. 아, 그러고 보니,

203호가 좀 시끄럽긴 했다. 30대 중반인 부부가 사는데, 부인이 약간 히스테리가 있는 사람인지, 어머 이런 말 하면 안 되지, 아메 앞에서. 미안, 부인이 굉장히 엄격한 사람이라, 남편이 통금 시간을 어기면 쫓아내나 봐."

전혀 아무렇지도 않은 투로 말했지만, 목소리 속에 진짜 목소리를 감추고 있는 것 같은 말투였다.

"그래도, 아직 9시 반밖에 안 됐는데⋯⋯."

"어머⋯⋯그러네⋯⋯남의 집 통금 시간까지는 저야 모르지요⋯⋯그럼, 다른 이유가 있는 게 아닐까? 바람을 피웠다던가⋯⋯."

"아메, 목욕은?" 아빠가 소녀를 위로하듯 물었다.

소녀는 재떨이에서 피어오르는 담배 연기를 들이마셨다. 아빠는, 여기저기 뛰어다니는 내 마음을 가만히 지켜보고 있다. 내 마음이 나한테서 빠져나가 어딘가로 가버리지 않게―.

"오늘은 안 할래, 좀 피곤해⋯⋯내일 아침에 샤워할게."

밖에는 비가 온다.

비가 유리창을 때린다.

바람이 비명을 지르다가, 잠시 후에는 으르렁거리는 듯한 신음 소리로 바뀌었다.

"그럼, 이만 자기로 할까⋯⋯아키코 씨는⋯⋯아메 방에다 이불을 깔까요?" 아빠가 물었다.

"아키코 씨도 같이 자요. 나, 내 천川 자로 누워 자는 게 꿈이
었어요."

그냥 말을 할 뿐……말과 뜻이 따로따로……제각각이
다……말에는 아무런 의미가 없는지도 몰라……소녀는 옷을
갈아입으러 자기 방으로 갔다.

이불 세 채가 나란히 깔렸다. 소녀가 가운데 이불 속으로 들
어가자, 여자가 왼쪽 이불 속으로 들어가고, 아빠가 불을 껐다.

어둠 속에서 스탠드 줄을 잡아당기는 소리가 났다.

"어? 전구가 나갔네……깜깜해도 괜찮니?" 아빠가 말했다.

"싫어." 소녀가 대답했다.

"초가 어디 있더라?"

"부엌 싱크대 제일 아래 서랍에 있어."

아빠는 비상용 초를 꺼내, 지포 US NAVY로 불을 붙였다.

아빠가 눕자, 한숨을 쉬는 것처럼 방 안 공기가 헐거워졌다.

소녀가 불이 꺼진 천장 조명을 향해 손을 뻗자, 벽에 비친 그
림자가 흔들렸다.

"콕콕, 콕콕." 아빠가 오른손으로 여우를 만들어, 소녀의 손
그림자를 콕콕 찔렀다.

222

"팔락, 팔락." 여자가 손목이 묶인 것처럼 양 손목을 겹치고, 엄지와 엄지를 붙여 새 머리와 부리를 만들고 손바닥으로 날갯짓을 했다.

"『꿀벌의 속삭임』이란 영화에 그림자놀이 장면이 있어. 자기 전에 손으로 그림자를 만들어 이야기를 나누는 자매가, 복도에서 들리는 발소리를 듣고 '아빠가 온다, 아빠가 와.' 하면서 촛불을 불어 끈단다." 여자는 양손 엄지손가락을 똑바로 세워 귀를 만들고, 오른손으로 왼쪽 손등을 잡고, 왼손 가운뎃손가락으로 코를, 약지와 새끼손가락으로 입을 만들었다.

"멍멍! 멍멍멍!" 개가 입을 벌리고 여우에게 덤벼들었다.

"으르릉, 으르릉……." 여우가 뒤로 벌렁 자빠지더니 숨을 거두었다.

"그러고 보니, 몇 년 전엔가 했었지……어린이집 크리스마스 파티에서……."

"아, 맞다 맞다."

"무슨 이야기였더라?"

"「두루미아내」였어. 옛날에 아주 가난한 젊은이가 살고 있었다. 혼자서 외롭게 살고 있었지. 어느 봄날, 젊은이가 논을 갈고 있는데, 논두렁에 두루미 한 마리가 날아왔지. 어디 다치기라도 했는지, 날다가는 비틀거리고, 비틀거리다가 다시 날아올랐다.

그렇게 가까스로 젊은이 앞까지 와서는, 흐느적흐느적 쓰러지고 말았다."

"와, 대단한걸. 완전히 다 외웠네."

"학교 도서관에 일본민화 시리즈가 있는데, 「두루미아내」는 제일 좋아하는 이야기라서 몇 번이나 읽었어. 무슨 일이든 좋아하면 열심히 하게 되는 법이니까. 아키코 씨도 대단하잖아요. 오즈 야스지로 영화 대본을 완전히 다 외우고……그거, 제목이 뭐였더라?"

"『바람 속의 암탉』……암탉……두루미……다들 새네……."

"아빠가 젊은이, 아키코 씨가 두루미아내 할 테니까, 아메, 계속 해보렴."

아빠와 여자가 양손을 들어 올리고, 이야기가 시작되기를 기다렸다.

"……스르륵, 탁탁, 스르륵 탁탁. 아내의 베 짜는 소리가 멈췄다가는 들리고, 들렸다가는 멈췄다. 젊은이는 가만히 앉아 있을 수가 없었다. 일어났다가 앉고, 앉아서는 생각했다. 더 이상 참을 수가 없어, 잠깐만 보면 괜찮겠지, 하고 베틀이 있는 방으로 다가갔다. 방문 틈에 살짝 얼굴을 갖다 대고는, 깜짝 놀라 뒤로 넘어졌다.

이게 어찌된 일이지, 아내 모습이 보이질 않는다. 분명히 베

짜는 소리가 들렸는데, 하고 다시 자세히 들여다보다가, 그만 숨이 멎을 뻔했다.

그것은 한 마리 두루미였다.

알몸이 된 두루미가 베틀 앞에 앉아, 얼마 남아 있지 않은 가슴 털을 하나씩 뽑아서는 스르륵 탁탁 하며 베를 짜고 있었다.

순간 젊은이는 눈앞이 깜깜해졌다."

소녀는 왠지 벽에 비친 두 사람의 그림자가 엷어진 것 같아 촛불을 보았다. 아직 3분의 1 정도 남았다.

"마지막까지 들려주시지요……." 여자가 잠긴 목소리로 말했다.

"그때 갑자기 베 짜는 소리가 멈추더니 문이 열렸다. 전보다 훨씬 해쓱해진 아내가 살포시 방에서 나왔다.

'저는 당신이 구해주신 두루미입니다. 당신이 좀 더 편하게 사시도록 이렇게 얼마 남지 않은 깃털로 베를 짜고 있었는데, 당신이 보고 말았으니 이제는 그것도 할 수가 없게 되었군요.'

이렇게 말하더니, 아내는 순식간에 두루미로 변했다.

그리고 남아 있는 갈깃을 움직여 날아오르더니 훨훨 먼 하늘 저편으로 사라졌다.

저녁노을 속에 짜다 만 옷감만이 남아 있었다고 한다."

비 그림자가, 젊은이와 두루미아내 그림자를 무너뜨렸다.

들리는 건 빗소리뿐.

얼마 남지 않은 초가 작은 혀를 내밀어 낼름거리고 있다.

여자의 왼손만이 홀로 남겨진 젊은이처럼 이야기가 계속되기를 기다리고 있다.

여자의 약지손가락에서 블루다이아몬드가 파랗게 빛났다.

소녀가 그 반지에 손을 뻗었다.

블루다이아몬드에 닿는 순간, 손끝으로 통증 같은 것이 전해졌다. 보육원에 다닐 때 친했던 친구 아케미의 무릎이 깨져, 그 무릎 위에 앉은 딱지를 만져봤을 때가 떠올랐다.

소녀가 얼굴을 돌려 여자를 보았다.

여자는 조용히 팔을 내리고, 소녀 쪽으로 고개를 돌렸다.

내쉬는 숨이 서로 섞일 정도로 얼굴이 가까웠다.

눈이 마주쳤다.

"이제 잘까⋯⋯잘 자요." 여자가 눈을 마주친 채 말했다.

"그래. 여름방학이라고 늦게까지 놀다 보면, 2학기 돼서 일찍 일어나기 힘들 거다. 잘 자라."

"안녕히 주무세요." 소녀는 눈을 감았다. 여자의 눈동자 잔상이 낙숫물처럼 투명해지고, "안녕." 하는 여자의 목소리가 차가운 빗물처럼 스며들었다.

소녀는 경찰차 사이렌 소리에 눈을 떴다.

……가까운 거 같은데?

사이렌 소리가 아파트 앞에서 멈췄다.

몇 분도 되기 전에 발자국 소리가 재빠르게 다가와 아파트 복도가 떠들썩해졌고, 벽 하나를 사이에 두고 사람들이 이야기하거나 걸어다니는 기척이 전해졌다.

……204호다.

……아키코 씨는?

소녀는 옆을 돌아보았다.

이불이 납작했다.

왼손을 뻗었다.

요에도 베개에도 온기가 남아 있지 않았다.

……아빠는?

소녀는 오른쪽으로 고개를 돌렸다.

눈앞에 아빠의 등이 있다.

숨소리가……들리지 않아.

베개 위의 아빠 뒷모습이 어둠 속에 녹아들기 시작한 것 같아, 소녀는 자기도 모르게 아빠를 불렀다.

"아빠."

"응? 왜……."

아빠가 소녀 쪽으로 고개를 돌렸다.

"아빠……."

"아메……."

아빠는 소녀의 얼굴을 두툼하고 커다란 손으로 감쌌다.

소녀는 아빠의 손 안에서 숨을 쉬었다.

"무서워……."

"눈을 감아."

"무서워……."

"괜찮아. 아빠가 마법을 걸어주마. 자, 눈을 감고."

소녀는 천장을 보고 똑바로 누워 눈을 감았다.

아빠가 소녀의 눈을 손바닥으로 가렸다.

"자, 슬슬 잠이 오지……아메는 점점 잠이 든다……너무 졸려서, 이젠 눈을 뜰 수도 없다……이제부터 열까지 세마……열까지 다 세면, 아메는 잠이 들지……하나……둘……셋……넷……다섯……여섯……일곱……여덟……아홉……열……."

소녀는 잠 속에 몸을 웅크렸다.

잠 속으로 가라앉는 건, 아빠 목소리뿐이었다.

그것 봐 아메는 벌써 꿈속에 있네

아메는 눈을 감고서도 아빠를 볼 수가 있지

아빠는 눈이 없어도 아메를 볼 수가 있어

파란 하늘에는, 두둥실 솜털 같은 조각구름이 바람을 타고 흘러가고 있다. 하늘 위에서는 제법 속도가 있을 텐데, 밑에서 볼 때는 주의해서 보지 않으면 움직이는 것조차 알 수가 없다.

　소녀는 하늘을 보고 있지 않았다. 늘, 맑은 날에도, 흐린 날에도, 비 오는 날에도, 밖에 나가면 제일 먼저 하늘을 올려다보는 소녀가, 하늘을 보지 않았다.

　204호 앞에는 사람들이 몰려 있었다. 2층뿐 아니라, 3층에서 6층까지 모든 사람들이 모여 있는 것 같았다. 땅에 떨어진 사탕에 개미들이 모여든 것처럼―.

　소녀한테는 사람들 머리밖에 보이지 않았지만, 그들의 소리는 들렸다.

"시체가 백골이었대요……."

"때가 나쁘잖아요. 장마 같은 때 자살하는 게 아닌데."

"수면제에 맥주를 마셨다나 봐요. 그냥 물보다 훨씬 흡수가 빠르대요."

"약혼자를 보니 반은 실성한 사람 같았대요. 10월에 결혼식을 올릴 예정이었다고, 이미 웨딩드레스 가봉까지 마쳤다지 뭐예요."

"그런데 왜 자살을 했을까요……."

"매리지 블루(결혼 전 우울증_옮긴이)란 거?"

"자살까지는 안 갔지만, 나도 결혼 날짜 잡고 나서는 정말 우울했어요. 어렸을 때부터 결혼에 대한 동경이 있어서, 웨딩드레스 입고 신부 입장하는 게 꿈이었는데, 막상 프러포즈 받고, 양가 부모님 찾아뵙고, 결혼식 날짜 잡고 하다 보니까, 생각이 자꾸만 앞서 가서는, 나도 남편도 형제가 없으니 나중에는 노인 네 분을 보살펴야 하잖아요? 경제적으로 아이를 키울 수 있을까 싶은 생각도 들고……너무 불안하고, 싫어서 결혼 같은 거 안 하고 싶었다니까요."

"그런 거 있죠, 매리지 블루—, 남자들한테도 흔히 있나 봐요. 우리 남편은 글쎄 약혼식 끝나고 나서는 만날 때마다 툭하

230

면 한숨만 쉬고 '행복한 가정을 꾸릴 자신이 없다.'는 둥 그래
서, 이 남자를 어떻게 믿고 사나 싶었다니까요."

"댁은 애기가 생긴 다음에 결혼했으니, 더했겠네요."

"다섯 살이나 위인데도, 정말 어린애라니까요."

"거기다 직장에선 상사가 부채질까지 하지요. '결혼하고 나
면 일은 어떻게 할 거냐? 보육원에 맡길 생각이면, 안 낳는 게
나을 거다, 애가 불쌍하니까. 피임은 제대로 해라.' 하는 거예
요……."

"어머어머, 그건 완벽한 성희롱이네."

"변화가 너무 크잖아요? 성도 바뀌고……남편하고 시어머
니 관계 하나만 보더라도 그래요, 혹시 마마보이 아닌가 싶을
정도로 그저 응응……시부모님이 너무 자주 오시면 어떡하나
하는 생각을 하기 시작하면, 어쩐지, 뭐랄까, 정말 이 사람이
맞나 싶은 근본적인 문제에 회의가 생겨, 정말 잘 살 수 있을까
싶잖아요……조금이라도 안 좋은 이야기가 나오면, '그럼 그
만둘까?' 하고……정말 짜증스럽다고 해야 하나, 우울하다고
해야 하나, 상대의 나쁜 점만 보이는 거예요. 하지만 식장이랑
살 집도 이미 정해놨고, 새삼스럽게 미루거나 그만둘 수도 없
고……질질 끌려가듯이 날짜는 다가오고……."

"저 여자, 돌다리를 너무 두드리다 깨뜨린 거 아니에요? 결

혼은 생각하는 게 아니라, 그냥 하는 건데. 막상 생활하기 시작하면, 우울해할 틈도 없잖아요."

"엘리베이터에서 몇 번 만난 적이 있는데, 미인이에요. 늘 웃는 얼굴이라, 고민 같은 거 없어 보였는데……."

"아무리 예쁘게 생겼대도, 쥐하고 구더기한테 파 먹혔다니, 그걸 어떻게 보겠어요. 경찰도 몇 번이나 토했다잖아요."

"옆집에선 전혀 눈치 못 챘나? 바퀴벌레나 파리가 날아들었을 텐데……."

"악취 정도가 아니었다잖아요?"

"환기구나 배기구 같은 데서 샜을 텐데."

"그렇긴 하지만, 설마 사람이 썩고 있을 거란 생각은 못했을 테니까, 음식 쓰레기 같은 걸 모아놨다고 생각하지 않았겠어요? 왜, 텔레비전 같은 데 나오잖아요, 쓰레기랑 같이 사는 사람……."

"하지만 그런 냄새가 아니잖아요. 생선이 썩었달까……가죽공장에서 나는 냄새랑 비슷하기도 하고……이 집, 어떻게 한대요?"

"글쎄, 주인이 다시 세주지 않을까요? 깨끗이 수리한 다음에……."

"벽이랑 바닥에 밴 냄새는 안 없어질걸요."

"우리 집은 5층이지만, 남편이 오면 이사할까 의논해보려고 하는데……너무 기분 나쁘잖아요……."

"아무것도 모르고 이사 오는 사람은 너무 안됐네."

"가르쳐줄까요?"

"네? 누가?"

"경위를 자세하게 써서, 익명으로 우체통에 넣는 거예요. 부동산에 문의해보세요, 하고."

"의무는 없는 거 아닌가?"

"아니, 있을걸요? 전에 들은 적이 있는 거 같아요. 싸게 내놓은 다음에, 집 본 사람이 마음에 들어 하면 내막을 설명해야 한다고."

"집세가 반이라도 싫다……."

"그래도 자살했다는 정도밖에 말 안 하겠지. 죽은 뒤 한 달이나 지나 발견됐고, 쥐하고 구더기한테 먹혔다고 하면 누가 들어오려고 하겠어요?"

구경꾼들의 수다를 들은 소녀는, 심장이 오그라든 손바닥처럼 조여오는 것을 느꼈다. 이제 한계야……더 이상, 여기에 있다가는, 나, 무슨 짓을 할지, 몰라…….

"죄송해요, 지나갈게요."

소녀는 자기 몸을 밀듯이, 사람들과 부딪치며 앞으로 나갔다.

204호 앞을 지날 때, 벽과 바닥에 온통 파란 비닐 시트를 친 것이 보였지만, 고개를 숙인 채 비상계단으로 뛰어 내려갔다.

더 이상 생각할 수가 없어……더 이상 생각하기도 싫어…… 생각한다고 해도 어쩔 수가 없어……눈부시다……너무 눈부 셔……모자 갖고 나오는 거 잊어버렸다……입 속이 너무 텁텁 해……어제 이도 안 닦고 잤지……아침에 일어나서 샤워하고 이도 닦으려고 했는데……일어나보니까, 아빠가 없어서…… 이랑 혀랑 끈적거려……이건……그거다……도화지 씹었을 때 맛이랑 비슷해……보육원에 맡겨졌을 때, 내가 뭐든지 입에 넣고 씹어서, 선생님들이 그걸 뺏으면 울었지……도화지…… 크레파스……수건……티슈……손톱은 항상 피가 날 정도로 씹었고……꽤 컸을 때까지 좀처럼 고쳐지지 않았는데…….

소녀의 눈길은, 이웃집의 문패와 현관, 창문과 정원, 주차장 등을 바람처럼 스쳐 지나갔다. 베란다 난간에 널어둔 이불, 처 마 밑에서 펄럭이는 빨래, 주차장 구석에 세워진 세발자전거, 차 앞 유리에 반사된 빛, 화단에 앞 다투어 피어 있는 나팔꽃과 해바라기와 라벤더……눈에 비치는 건 어제랑 변함이 없는데, 모든 것이 어제하고는 다르다……눈이 아니라 마음의 스크린 에 직접 비치는 것 같았다.

소녀는 어린이 놀이터로 들어가, 바람에 흔들리는 그네에 앉았다. 목에 걸고 있는 열쇠가 흔들리고, 핸드폰 줄이 흔들리고, 흔들리면서 핸드폰이 울렸다.

병꽃나무 향기 퍼지는 울타리에

두견새가 벌써 와 울며

살며시 속삭이네 여름이 왔네

순간, 소녀는 『여름이 왔네』를 어디에서 들었는지를 떠올리고, 흔들리는 그네를 발로 세웠다.

아주 맑은 날이었다. 나는 노랫소리에 눈을 떴다……**병꽃나무 향기 퍼지는 울타리에 두견새가 벌써 와 울며 살며시 속삭이네 여름이 왔네**……양지쪽으로 고개를 돌리자, 맨발에 샌들을 신은 발뒤꿈치가 보였다. 나는 오른손을 앞으로 내밀고, 다시 왼손을 내밀며 베란다를 향해 걸음마를 했다……**병꽃나무 향기 퍼지는 울타리에 두견새가 벌써 와 울며 살며시 속삭이네 여름이 왔네**……노랫소리가 가까워졌다. 기뻐서 웃었다. 손으로 바닥을 치면서 웃었다……하지만 아직도 내가 온 것을 몰랐다. 나는 베란다 유리창에 오른손을 짚고 왼손을 짚어, 다리에 힘을 주었다. 엄마가 보인다. 엄마가 하얀 천을 두드리고 있다……탁탁, 탁탁, 탁탁, 탁탁……엄마가 하얀 천을 폈다……내 옷이다……엄마! 엄마! 내가 섰다! 처음으로, 섰다! 섰다! 섰다! 엄마, 섰어! 나 봐! 엄마! 섰어! 엄마! 엄마!……**병꽃나무 향**

기 퍼지는 울타리에 두견새가 벌써 와 울며 살며시 속삭이네 여름이 왔네……엄마는 날 보지 않았다……나는 울었다……하얀 옷이 바람에 나부껴……모든 것이 새하얗게 되었다.

소녀는 다리를 올리고 다시 그네를 저었다.

그네를 타면서 핸드폰을 꺼냈다.

더위에 잘 지내심까.

지금 간사이 개그를 맹렬히 공부하고 있는 호쿠토외다(^_^;) 여기 텔레비전 말이제, 아침부터 밤꺼정 쭉— 개그 프로를 한데이. 어젠 종일 비가 오길래 진종일 봤더니만, 머릿속이 간사이 개그로 꽉 찼슴다. 오사카 명물인 박치기 빠바바바박……()_〈〉

오늘은 이 지역 탐험을 위해 고베혼센을 타고 번화가인 산노미야로 가는 중임. 아이고 더버라! 죽이게 덥네! (*_*) 더위로 치면 여유 있게 도쿄를 꺾겠다. 그런데, 별일은 없냐, 너(?_?)

발뒤꿈치를 땅에 붙이고, 몸을 좌우로 흔들면서 핸드폰 버튼을 눌렀다.

바로 답장 못해서 미안_(^_)_
빨래하기에 좋은 날씨라 아침부터 세탁기 돌려 마침
베란다에 널고 있던 중임다. 부녀가정은 힘들단 얘기
지요(^_-) 모자가정은 순조롭나?

전송 버튼을 누름과 동시에 발을 공중으로 띄웠다. 착신 멜
로디가 흘러, 소녀가 노래를 불렀다. **병꽃나무 향기 퍼지는 울
타리에 두견새가 벌써 와 울며 살며시 속삭이네 여름이 왔
네**……아키코 씨가 일부러 불러줬는데, 1절밖에 생각이 안 난
다……아키코 씨 목소리는 귀에 남아 있는데……얼굴은……
기억이 안 나…….

거기도 날씨 좋냐? 인터넷 봤을 때, 도쿄는 ☁ 후에
☂ 12-18시에는 비 올 확률 40%였는디……뭐, 일
기예보도 꽤 높은 확률로 빗나간다는 얘기지(^^;). 아
빠랑 같이 살았을 때가 너무나도 ↓였기 땜에, 모자
가정은 ↑다(^0^)
아, 산노미야에 도착했음다!
그럼, 바이바이. 이만 실례하겠슴다~(^^)/~~~

소녀는 다리를 모아 힘껏 그네를 굴렸다. 조금 전까지 그렇게 조용하고 움직임이 없던 세상이 함께 뛰어올랐다. 파란 하늘이 가스 불꽃처럼 흔들리고, 수돗가에서 내뿜는 물줄기가 줄넘기처럼 돌고……갑자기, 눈에 비치는 모든 것에, 기억 속의 모든 것이 파도처럼 덮쳐 와……아내는 순식간에 두루미로 변했다. 그리고 남아 있는 깃을 움직여 날아오르더니 훨훨 먼 하늘 저편으로 사라져갔다. 저녁노을 속에 짜다 만 옷감만이 남아 있었다고 한다…….

뭔가 긁는 소리가 들려 밖을 보니, 베란다 난간에 비둘기 한 마리가 앉아 있다. 금방 날아가겠지, 소녀는 다시 손으로 시선을 돌렸다. 아빠가 돌아올 때까지 장식을 끝내야지⋯⋯무슨 색이 좋을까⋯⋯탄자쿠(글씨를 쓰거나 물건에 표시를 하기 위해 붙이는 세로로 길고 조붓한 종이_옮긴이)가 한 장뿐이면 좀 쓸쓸할 테니까, 잔뜩 써서 매달아둘까?⋯⋯하지만 그렇게 되면 어떤 게 진짜인지 모르잖아, 역시 한 장으로 하자⋯⋯까만색은 아니겠지⋯⋯빨강도 아니고⋯⋯흰색도 좀⋯⋯금색은 견우, 은색은 직녀성이니까⋯⋯파랑⋯⋯분홍⋯⋯노랑⋯⋯보라⋯⋯그래, 분홍색으로 하자⋯⋯하늘에서 보면, 분홍색이 눈에 띠나요?……괜찮아, 눈에 띄어요……음력 7월 7일인 8월 6일에 타나바타(칠석제, 조릿대에 소원을 적은 탄자쿠 등을 매달아 장식을 한다_옮긴이)를 지내는 건, 도쿄에서 우리 집밖에 없을걸요……지금쯤 센다이에는 상점가마다 대나무로 된 아치가 서 있겠군요……그거, 조릿대 잎이 살랑살랑 하는 느낌이 전혀 아니잖아. 10미터 이상 되는 대나무가 양쪽으로 쫙 늘어서서……2학년 때쯤이었나……여름방학 때, 센다이 요코 고모 집에 놀러 갔을 때……내가 쭉 아빠 목말을 타고 있었더니, 사촌인 케이고하고 추우야가 나도! 나도! 하면서 졸랐지만, 고모부는 야가 무슨 말인고, 초등학생이나 돼가지고는 사내자식답게 씩씩하게 걸어야제……그렇다면, 내가 더 어렸을 때였을까……네 살이나 다섯 살?

　대나무로 된 아치 밑을 지나가며 고모부는 흥분해서 설명을 했다.

　타나바타란다. 아메야, 참말로 예쁘제? 칠석 장식이라고 하는데, 그냥 화려하게만 장식한 게 아이라 이렇게 하나하나에 소원과 의미가 담겨져 있제. 천을 매단 건 직녀의 증표인께 장식의 주인공이고, 제일 위에 매단 종이로 된 옷은 바느질을 잘하게 해달라는 소원이제. 탄자쿠는 학문이나 글씨를 잘 쓰게 해달라는 거고, 종이학은 수명장수, 복주머니는 부자가 되게

해달라는 거, 그물은 풍어와 풍년이 들게 해달라는 뜻이
제……무엇보다 훌륭한 건 여덟 번째 장식인데, 저기, 아메야,
저길 보그라, 보이제. 저기 종이로 된 소쿠리가 있제? 보라색
으로 된……저기, 저건 일곱 개의 장식을 만들고 남은 종이나
실을 한데 모아, 청결과 절약하는 마음을 기르기 위해 만든기
라…….

소녀는 종이학을 접다 말고 다시 베란다를 보았다. 아직, 있
다. 소녀의 시선을 알아차렸는지 비둘기가 날개를 펼치고 베
란다에 내려 앉아, 방충망 너머에서 고개를 갸웃하고 있다.

귀여울, 지도 몰라.

내가 일어나면, 도망, 칠까?

소녀는 살짝 엉덩이를 들고 허리를 주춤하고 부엌 싱크대
밑에 있는 쌀통에서 쌀을 한 줌 가지고, 살금살금 베란다로 돌
아왔다.

방충망을 열자, 비둘기가 가슴을 펴고 거실로 들어오려고
했다.

"야, 너, 어디 가는 거야! 더 이상은 출입금지야. 그래그래,
진정해. 배가 고프면 아무것도 못하지."

소녀가 쭈그리고 앉아 손바닥의 쌀을 내밀자, 비둘기는 아
무런 주저 없이 쪼아댔다. 다리에 반지 같은 걸 끼고 있다. 전

령비둘기다. 전령비둘기는 목적지에 도착할 때까지 지붕이나 땅에 내려오면 안 되는 거잖아?

"야, 너, 어디서 왔니?"

위—잉, 키익!

비둘기가 놀라 날아올랐다.

목수들의 점심 시간이 끝났다.

남쪽으로 날아간 비둘기가 안 보일 때까지 바라보다, 소녀는 유리문을 닫고 에어컨 리모컨 버튼을 눌렀다.

위—잉, 키익! 위—잉, 키익!

문을 닫아도 소음이 들리기는 마찬가지다. 3일 전부터 204 호에는 목수들이 와서 바닥공사를 하고 있다. 톱질 소리, 바닥이 뜯기는 소리, 줄질 소리, 나무 바닥이 쪼개지는 소리……어제부터는 위—잉, 키익 하는 소리가 주로 들립니다. 위—잉, 키익 하는 소리가 들리기 시작하면 베란다로 먼지가 날아들고, 벽과 천장, 바닥이 저린 듯 몸을 떨고……에어컨 바람이 싫지만, 문을 닫을 수밖에 없죠……저 소리를 듣고 있자면, 나까지 부서지는 것 같은 기분이야…….

소녀는 분홍색 탄자쿠에 소원을 적었다.

언제까지나 아빠랑 함께 살게 해주세요.

뒤를 돌아보니 아빠가 있다.

소녀는 소원을 적은 탄자쿠를 뒤집었다.

위一잉, 키익! 위一잉, 키익!

위一잉, 키익! 위一잉, 키익!

일어나 칠석 장식을 조릿대에 달려고 했지만, 아빠 얼굴을 본 순간, 자기도 모르게 소리가 튀어나왔다.

"약속해."

"무슨 약속을 하자는 거지?"

"……내가 어른이 될 때까지……."

슬픔에 숨이 차다.

"없어지지 마……절대로……아무 데도 가지 마……."

아빠는 아무 말 없이 손가락을 내밀었다.

아빠 손가락에 손가락을 걸고, 소녀는 가만히 흔들었다.

손가락을 푼 순간, 전화벨이 울렸다.

따르릉, 따르릉, 따르르르……20번이 울리자 자동응답기로 넘어갔다.

"여기는 외무성 해외국민 안전과입니다. 긴급히 연락할 일이 있으니, 속히 전화 주십시오. 전화번호는,"

소녀가 수화기로 달려가 전화를 끊었다. 들이마신 숨이 폐속에서 얼어붙어 내뱉을 수가 없다……숨을 쉬고 쉬고 쉬고……어떡하지, 과호흡이다…….

"괜찮아……괜찮으니까, 천천히 숨을 뱉어, 후우……이번
엔 들이마시고, 흐음……뱉고, 후우……그래, 이젠 괜찮
아……방금 손가락 걸고 약속했잖아……아빠가 아메하고 한
약속 어긴 적 있었니?"

아빠가 등을 쓸어주었다.

소리를 내면 울음이 터질 것 같아, 아랫입술을 깨물고 고개
를 흔들었다.

"쭉 같이 있을 거야. 아메가 어른이 돼서, 혼자 살아갈 수 있
을 때까지, 같이 있지. 아메가, 없어지라고 해도, 안 없어질 거
야. 만약에, 아메가 없어진다면, 무슨 방법을 써서라도 찾아내
서, 같이 있을 거다."

소녀는 자기 혈관이 울리는 소리를 들으며, 떨리는 손으로 접
다 만 종이학을 접었다……쭉 같이 있을 거야……안 없어질 거
야……이게 부리고……이게 꼬리……종이학은 수명장수……
소녀는 크기가 맞지 않은 날개를 좌우로 펼쳤다.

소녀는 아빠 우산을 펼쳤다. 이렇게 비가 오는 날엔 꼭 콘플레이크나 우유 같은 게 떨어진단 말이야⋯⋯비가 많이 올 때는 역시 아빠 우산이 최고야, 전혀 젖질 않으니까. 우산살은 좀 녹이 슬었고, 군데군데 휘어진 데도 있지만, 파하고 담배 냄새가 나서, 어쩐지 아빠랑 같이 있는 느낌이 들어⋯⋯소녀는 빗속에 서 있는 아빠 모습을 떠올렸다⋯⋯다리⋯⋯허리⋯⋯가슴⋯⋯우산 손잡이를 잡은 왼손⋯⋯목부터 위는 우산에 가렸다⋯⋯불이 붙은 담배를 들고 있는 집게손가락과 가운뎃손가락도⋯⋯우산 때문에 안 보여⋯⋯.

이 비는, 센다이에도 내릴까⋯⋯칠석제⋯⋯나, 고모부 얘기

듣다가 아빠 머리 위에 얼굴을 묻고 잠이 들었지⋯⋯비다! 비가 온다! 하는 소리에 눈을 떠보니, 다들 서둘러 칠석 장식에 비닐 덮개를 씌우고 있었다⋯⋯.

아메! 니가 비를 몰고 다니는 여자 아니가?

뭐라고요, 이름이 아메라고 해서, 비를 몰고 다닌다고 하면 곤란한데, 그치 아메? 형님이야말로 비를 몰고 다니는 거 아니우?

무슨 소릴. 야, 케이고, 너 아부지랑 같이 어디 갈 때 비온 적 있었나?

없었는데.

뭐야, 토모하루, 자네 이름이라면 날이 좋아야지, 뭐고?

내 이름은, 아침 조朝에, 맑을 청晴, 그러니까 낮부터는 효과가 없어지지요.

아빠는 나를 목말 태운 채 달리기 시작했다.

아메, 꼭 잡아라!

나는 양손으로 아빠 머리를 꼭 잡았다.

소녀는 걸으면서 토닥토닥 우산에 부딪치는 빗소리를 들었다. 주변이 온통 웅덩이다⋯⋯이렇게 비가 많이 오면, 은하수에도 홍수가 나, 까치도 오작교를 못 만들겠다⋯⋯.

소녀는 우산을 접어 입구의 우산꽂이에 꽂고, '로손' 자동문

246

안으로 들어갔다. 안녕하십니까, 어서 오십시오! 빵 코너 밑에 있는 켈로그 콘플레이크를 바구니에 넣고, 하얀 형광등이 유난히 밝은 음료 코너에서 우유팩을 들고 제조날짜를 확인하는 동안, 고모부의 목소리가 되살아났다. 옛날에는, 음력 7월 7일이 오봉 시작하는 날이었제……봉미치盆道라고 해서, 성묫길과 묘에 벌초를 하거나 불단佛壇에 쓰는 도구를 닦으면서 조상님들 혼을 맞을 준비를 했제……오봉……묘……불단…… 혼……소녀는 계산대 위에 바구니를 올려놓았다. 안녕하십니까, 어서 오십시오, 315엔이 하나, 168엔이 하나, 합해서 483엔입니다. 소녀는 아기 곰 푸가 그려진 동전 지갑에서 500엔짜리 동전을 꺼내 계산대 위에 놓았다. 500엔 받았습니다, 거스름돈 17엔입니다, 감사합니다, 또 오세요. 비닐 봉투를 받아 들고 빗속으로 나온 소녀는, 왔던 길과는 다른 모퉁이로 걸어 갔다……오봉……묘……불단……혼…….

소녀가 우산을 들었다.

봤다.

심장이 터질 것 같다.

나무가 밑동부터 잘려나갔다.

콘크리트벽도 담도 없어지고, 옆집도 철거된 다음이었다.

소녀는 공사현장 안으로 들어갔다. 굴삭기로 파헤친 땅이

공 사 안 내

건축물 명칭	(가칭) 뉴 고오토 판타지아 맨션		
건축물 개요	용 도	사무소 · 공동주택	부지면적	1,852.06㎡
	부지면적	910㎡	연면적	9,700㎡
	층수	지상 11층 지하 1층	높이	44m
착공예정	2005년 3월	표시설치	2004년 8월 1일

건축주	(주소) (이름)	도쿄도 고오토구 히라노 5-13-3 주식회사 고후지부동산 대표자 후지 다이지　　전화 03(3238)8543
설계자	(주소) (이름)	도쿄도 치요다구 후지미 1-12-14 시카야건설주식회사 건축설계본부 고지카 사치오　　전화 03(3238)6465

○ 이 표지는 고오토구 건축계획 조기표시에 관한 조례 제8조 제1항의 규정에 따라 설치한 것입니다. ○ 위의 건축계획에 관한 설명 신청은 아래 번호로 연락 바랍니다. (연락처) (주) 후지부동산 담당 후지 전화번호 03(3238)8543	설명회 일정	
	일시	2004년 8월 22일 19시부터
	장소	고후지부동산 본사건물 1층 대회의실

질퍽거려, 샌들을 신은 발이 진흙 속에 빠졌다. 소녀는 샌들을 벗고, 맨발로 나무 곁으로 다가갔다.

소녀는 그루터기 앞에 쪼그리고 앉았다.

우산 속에서 나이테를 세어보았다.

"80살이었구나."

80년간, 사람들 눈에 띈 적이 없는 속살이 무참히도 드러난 것이 가슴 아팠다.

빗줄기가 더욱 굵어지며, 둘을 이 세상에서 쓸어내려는 것만 같았다.

소녀는 그림자처럼 나무에 바싹 달라붙어 빗속에서 숨을 들이마셨다.

"이름 정했어. 네 이름은 립立⋯⋯."

빗소리가 소녀의 목소리를 씻어냈다.

소녀는 그루터기를 우산으로 덮어주고 일어났다.

하늘을 보았다.

비가 소녀의 얼굴을 씻었다.

비가 와서 다행이다⋯⋯울고 있는 걸, 아무도 모를 테니까⋯⋯나는 그 여자처럼 공중전화 박스 같은 데서 울지 않아. 샌들을 신었지만, 진흙 때문에 미끄러워 걸을 수가 없었다. 한 손에는 샌들을 한 손에는 비닐 봉투를 들고, 맨발로 걸었다.

소녀가 아파트로 돌아왔다. 1층 로비에 있는 우체통을 들여다보니, 성인용 광고지 위에 전보가 있었다. 태어나서 처음 보는 전보였다. 소녀는 진흙투성이 샌들을 바닥에 내려놓고 젖은 손으로 전보를 꺼냈다.

받는 사람은 사쿠라이 아메, 보낸 사람은 외무성 해외국민 안전과였다.

신속한 연락 바랍니다. 외무성 해외국민 안전과

소녀는 전보와 봉투를 잘게 찢어 쓰레기통에 버리고, 샌들을 주워 들고 엘리베이터 쪽으로 향했다. 발을 옮길 때마다 몸이 흔들리고, 발을 뗄 때마다 쓰러질 것 같았다. 등 뒤에서 또각또각 구두 소리가 다가왔지만, 다른 세상에서 울리는 소리로밖에는 들리지 않았다. 소녀는 편의점 비닐 봉투를 들고 있는 팔을 뻗어 엘리베이터 버튼을 눌렀다. 화살표에 빨갛게 불이 켜졌지만, 자기와는 아무런 관계없는 다른 세계의 표시처럼 보였다.

엘리베이터 앞에서 발을 멈춘 할머니가 곁에 서 있는 소녀의 얼굴을 들여다보았다. 역시 그 아이야……항상 빨간 책가방에 편의점 비닐 봉투를 들고 다니는 2층에 사는 아이……한 달 전까지는 아빠랑 같이 자주 엘리베이터에서 만났었는데, 요즘은 늘 혼자네……아빠는 어딜 가셨을까?……이런 빗속에 우산도 없이 흠뻑 젖어서는……맨발…….

꼭대기 층에서 내려오는 엘리베이터 숫자를 올려다보던 소녀가, 비에 젖은 새끼 고양이처럼 덜덜 떨었다.

"얘, 괜찮니?"

"괜찮아요."

"흠뻑 젖었네……."

"편의점에서 나와 보니까 우산이 없어졌어요."

"저런, 우산을 도둑맞았구나……진흙투성이네……."

"넘어져서요."

소녀는 할머니와 같은 엘리베이터를 탔다.

엘리베이터 문에 코끝이 닿을 정도로 바짝 선 소녀는, 온몸으로 말을 걸어오는 것을 거부하는 것 같았다.

엘리베이터가 2층에서 섰다. 문이 열렸다. 빗소리가 들린 것과 동시에 소녀가 빠져나갔다.

우지이에 호쿠토에게

가끔은 편지가 어떨까, 하는 생각에 펜을 들었어.

사과부터 한다만, 제대로 된 편지지가 아니라 미안! 여러 가지 사정이 있어서 편지지 사러 갈 여유가 없었어. 금전적인 사정도 있지만, 정신적인 사정이 더 크다고 해야 할까…….

그런 정신적인 사정도 있고 해서, 오늘은 편지를 쓰고 싶은 기분이야. 문자는 이야기를 짧게 해야 되고, 어두운 이야기나 심각한 이야기는 왠지 피하게 되잖아?

편지라고 모든 걸 다 털어놓을 순 없지만, 문자처럼 지금 보내서 지금 읽는 게 아니고, 일단 봉투에 넣어 보내니까 읽고 싶을 때 읽으면 되지. 그러니까 읽는 쪽도 보내는 쪽도 문자보다 마음이 편해, 나한테는.

호쿠토는 "아날로그 인간이로구먼." 하고 웃을지도 모르지만, 사실이니까 할 수 없잖아!

서론이 너무 길었으니까, 본론으로 들어갈게(갑자기 무릎 꿇고 자세를 고쳐 앉을 필요는 없어).

우리 아파트 옆집 사람이 자살을 했어.

죽은 건 수업 참관일에서 10일 정도 지난 다음이라고 해.

발견된 게 너무 늦어서, 요즘 완벽하게 리모델링하는 중이야. 바닥을 다시 까는 작업이 끝나서, 이젠 위—잉 키잉 하는 잡음은 안 들리지만, 이번 주에는 전기공사하는 사람들이 와서 조명하고 에어컨을 떼어내고, 천장과 벽지를 벗겨내기도 해서 여전히 어수선한 분위기야.

아파트 사람들이 낡은 벽지와 바닥을 뜯어낸 쓰레기가 복도에 쌓이거나, 공사 때문에 차가 서 있는 걸 볼 때마다 수군수군 소문을 퍼뜨리는데, 그게 너무 싫어.

하지만 이제 못질 소리도 줄질 소리도 안 들리고, 도시가스 사용설명서가 현관에 달려 있고, 부동산에서 나온 것 같은 사람들이 손님을 데리고 오기도 하니까, 분명히 다음 달에는 새로 이사를 오겠지.

오늘은 오봉 마지막 날이야.

호쿠토가 있는 고베는 어떤 식으로 보내? 도쿄는 성묘를 가고, 불단 청소도 하고, 동네에서 오봉 춤을 추는 정도인 것 같은데(그리고, 그거. 이맘때 불단에 장식하는 오이로 만든 말하고 가지로 만든 소, 그걸 타고 혼이 저세상에서 이 세상으로 왔다 갔다 하는 거래! 알고 있었니?) 센다이에 있는 고모 댁에서는 여기보다 하는 게 더 많아. 나도 아빠랑 같이 몇 번 가서, 고모 집 앞에서 '오가라' 라고 하는 마 줄기를 태운 적이 있어. 그 연기는 조상의 혼을 맞이하기 위한 표시로 '무카에비迎火' 라고 한대. 집안에 혼이 머물고 있다는 표시이기도 하고. 오봉 마지막 날에는 그 '무카에비' 를 지핀 곳에서 '오가라' 를 쌓아, 이번에는 '오쿠리비送火' 를 지펴. 그리고 즌다모치란 거 먹어 봤니? 팥소로 파란 콩을 넣은 떡인데, 녹색이 정말 예쁘고 엄청 맛있어.

어쩐지 쓸데없이 긴 편지가 됐어. 사쿠라이는 도대체 무슨 말이 하고 싶은 거지, 하고 고개를 갸우뚱하고 있겠지. 실은 나도 모르겠어. 아니, 사실은 알고 있어. 하지만, 지금은, 아직, 말할 수가 없어. 언젠가, 호쿠토랑 다시 만나게 되면 모든 걸 이야기 할 수 있지 않을까 싶어.

그 날을 기다리면서 펜을 놓을게.

안녕……．

2004년 8월 16일
사쿠라이 아메

　편지를 쓴 루스리프식 공책 두 장을 하트 모양으로 접은 다
음, 또 한 장으로 봉투를 만들어 앞쪽에는 호쿠토 주소와 이름
을, 뒤쪽에는 내 주소와 이름을 적어 풀로 붙인 다음, 표본실
방문을 열었다.
　소녀는 작업대의 세이프라이트를 켜고, 아빠가 빈 초콜릿
통에 모아둔 우표 중에서 왕은점표범나비 우표를 골라 직접
만든 봉투 왼쪽 위에 붙였다.
　그리고 작업대에 앉아, 전시판에서 날개를 말리고 있는 마
젤란장수제비나비를 바라보았다.
　선물이다
　마젤란장수제비나비! 와! 대단하다 아빠!
　아름답지?
　상상했던 것보다 100배는 더……살아 있는 것 같아……어?
지금, 움직였지? 아, 어떡해, 살아 있잖아!
　죽었어……이렇게 숨을 멈추게 했거든

255

그렇게만 해도 죽어?

죽지……

환광이란 게 어떤 건데?

환광은 살아서 햇빛 아래서 날아야 볼 수 있어……아, 그래도……약간 비스듬하게 봐보렴

……모르겠어

……음……햇빛을 받은 날개 표면에서 어지럽게 반사되는 거라……

……아아……그래도 조금……하얗다고 할까……레몬색으로 변했나?

이게 진주 빛으로 반짝이는 거야

……아빠는 봤어?

봤지……

소녀는 촉각이 부러지거나 날개가 찢기지 않도록 온 신경을 손가락 끝에 모아, 마젤란장수제비나비를 둘러치고 있는 빨강, 파랑, 녹색, 보라, 분홍색 핀을 조심스럽게 뺀 다음, 전시 테이프를 뗐다.

책상 서랍에서 작고 하얀 라벨을 꺼내, 골리앗비단나비의 표본 라벨을 견본으로, 『원색 세계나비도감』에서 마젤란장수제비나비 학명을 찾아, 표본 장소, 채집일, 채집자 풀 네임을

256

서툰 알파벳으로 써 내려갔다.

그리고 나비 흉부에 찔러둔 핀을 전시판에서 살며시 뽑아, 라벨 위에 올려놓고 표본상자인 우레탄폼에 꽂아 고정시켰다.

소녀는 비닐 주머니에 든 나프탈렌을 핀으로 꺼내 표본상자 한쪽 구석에 넣고, 유리 뚜껑의 네 모서리와 곤충 표본상자 모서리에 까만 고무인으로 찍힌 53893이란 숫자에 맞춰 덮었다.

표본실에서 나오자, 방에 있는 모든 것들이 생기를 잃은 것처럼 보였다.

지금, 몇 시지……소녀는 표본상자를 양손으로 들고 거실로 나왔다. 벽시계가 11시를 가리키고 있다. 비가 온다……비에 젖은 조릿대 잎들이 고개를 떨구고……벌써 열흘째 밖에 내놓은 채다……지난번 태풍으로 견우와 직녀별이 떨어져버렸고……그래도, 내가 쓴 탄자쿠는 안 떨어졌어……글씨가 번지기는 했지만, 저것 봐, 바람에 빙글빙글빙글빙글…….

사삭 소리와 함께 급류 속의 물풀처럼 조릿대 잎이 흔들리며, 사삭사삭 유리문을 긁고 어둠이 서서히 깊이를 더해 갔다……째깍째깍째깍……1초 1초를 떼어내는 것 같은 따끔따끔한 시계 소리……째깍째깍……소녀는 공포에 싸여, 뭔가 시작될 조짐에 귀를 기울이고 있다……째깍째깍째깍…….

시야 끝 언저리에서 뭔가가 번쩍였다.

오른쪽 눈 제일 끝에서.

램프가 깜박인다.

전화.

손을 뻗어 음량 버튼을 누르자, 따릉, 따르릉, 따르르르릉, 따르르르릉, 따르르르르르릉, 점점 벨 소리가 커졌다.

전화.

소녀가 수화기를 들고, 상대 목소리가 들리도록 얼굴을 갖다 댔다.

"여보세요? 여보세요?"

귀에 익숙한 목소리에 얼굴이 스친다.

"아메?"

이름을 부르는 소리에, 수화기를 귀에 댔다.

"여보세요……."

"아메?"

"네."

"아, 아메구나. 지금까지 뭐했노? 아침부터 계속 전화했었는데, 어린이집 전화번호 찾아서 걸어봤더니, 아메 니가 한 달 정도나 안 나갔다며, 어디서 뭘 하고 지냈노? 고모가 식구들하고 가나자와에 갔다가 어제 늦게 왔는데, 오늘 아침에 외무성 사람한테 연락이 왔다. 아메, 듣고 있나? 괜찮나?"

"네."

"마음을 단단히 먹어야 한데이. 저기 말이다, 아빠가 돌아가
셨단다. 외무성 사람이 그러는데, 타이완 영사관에서 사쿠라
이 토모하루 여권하고, 사쿠라이 것으로 보이는 유해가 발견
됐다는 연락이 왔단다. 신원 확인을 하려고 가족한테 연락을
했지만, 도저히 연락이 안 돼서, 고모한테 전화를 했다고……
아메, 고모는 신원 확인하러 타이완의 란위 섬에 가야 되는
디……내 눈으로 확인하기 전에는, 죽었다고 확신할 수는 없
지만 말이다……그래도……유해 옆에 니콘 일안 리플렉스하
고 잠자리채 같은 것이 있었고, 주머니에는 코팅된 여자아이
사진이 들어 있었다고 하니, 아빠가 아닐까? 희망을 가지고 타
이완에 가서, 본인 확인을 하게 되면 충격이 너무 커서 정신을
우째 차려야 할지……각오는 하고……아아, 아메……아
메……유해가 너무 상해서, 이미 백골이 다 됐다는디……산
속에서 구덩이 같은 데 빠졌다는디……아아……아메는 아직
어리니까……그런 아빠 모습을 보일 수는 없고……고모가 혼
자 확인한 다음에 화장시켜서 올게……아빠가 다니던 치과의
사 선생님한테 사정을 이야기해서, 치과 진료기록을 받아……
아메, 괜찮니? 만약에, 아메가 꼭 자기 눈으로 확인해야겠다면,
고모랑 같이 가도 괜찮지만……아메……아메……."

소녀는 고모의 오열을 봉인하듯 양손으로 수화기를 막고, 전화선을 뽑았다.

소녀는 표본상자에 얼굴을 갖다 대고, 라벨에 적힌 알파벳을 읽었다.

마젤란장수제비나비
Troides magellanus

♂ 蘭嶼 Taiwan
June 20. 2004
leg. Tomoharu Sakurai

너무도 가슴 깊은 곳이 아파와, 소리를 낼 수도, 울 수도 없었다.

유리에 비친 자기 얼굴과, 얼굴을 타고 흐르는 비를 보며 소녀는 모든 것을 빼앗기고 홀로 빗속에 남겨진 것 같은 기분이었다.

유리에 아빠 모습이 비쳤다.

"왜 그러니, 불도 안 켜고……."

소녀는 계속 유리를 바라보았다.

아빠가 표본상자 위로 몸을 구부렸다.

"와—, 퍼펙트!"

소녀의 목소리는 죽음을 견디고 있었다.

아빠는 침묵에 동의한 듯 소녀 앞으로 와 앉았다.

열어둔 방충망으로 어둠이 스며들고 있다. 해가 지고 아홉 시간이나 지났는데, 기온은 더 높아진 것 같다. 소녀는 눈을 뜨고 있었지만, 아무것도 보지 않았다. 자기가 잠을 자려는지, 자지 않으려고 하는지, 졸린지 졸리지 않은지도 알 수가 없었다. 잠옷을 입은 등에 땀이 배고 입술 위로 땀방울이 맺혔지만, 움직일 수가 없었다. 움직이면, 변해버릴지도 몰라. 안 움직이면, 변하지 않고 그대로 있을지도 몰라. 하지만 이미 움직이기 시작했다……나랑 아빠가 이대로 가만히 있다 해도……아침이 되면, 요코 고모가 와서……그렇게 되면, 아빠는…….

소녀는 여름이불 속에서 손을 꼭 쥐었다. 네다섯 살 때, 아빠가 화장실에 간 사이에 부엌에 들어가 밀크캔디를 입에 넣으려다, 물 내리는 소리가 들려 얼른 사탕을 손에 쥐었을 때처럼 손바닥이 끈적끈적……난 숨기고 있어? 뭘? 누구한테?

소녀는 침묵 속에 귀를 기울였다.

……비는 이제 그친 모양이다…….

……아빠는?

소녀는 눈을 감고 얼굴을 돌렸다.

조심조심 눈을 떴다.

빨간 점.

연기.

냄새도 나.

카멜이다.

그런데, 왜?

소녀는 슬픔에 숨이 막힐 것 같았다.

잠자리에서 담배 피다 불 나면 어쩌려고 그래.

시작하셨군요, 사모님.

아빠는 재떨이에 담배를 비벼 끄고, 소녀의 옆에 누웠다.

사모님 아니라니까요.

사모님 같잖아, 잔소리 많은.

두 사람 눈이 같은 높이에 있었다.

소녀는 아빠 얼굴을 가슴 깊이 새겼다. 나비 날개를 전시판에 눌러놓고, 하나하나 핀으로 고정시켜 가듯이―.

사라지지 않게 해주세요.

사라지지 않게 해주세요.

소녀는 자기가 입을 벌리고 소리를 냈다는 사실은 알았지

262

만, 무슨 말을 했는지는 알지 못했다.

목소리의 조각들을 이어 말을 했다.

가자

소녀가 이불 속에서 일어났다.

갈까

어둠 속에서 아빠 소리가 들렸다.

알람시계는 4:05를 알리고 있었다.

이제 금방 날이 샐 거야.

서둘러야지.

소녀는 어둠 속에서 피부를 긴장시켰다. 티셔츠를 입을 때, 상표 때문에 목언저리가 따끔거렸다. 앞뒤 거꾸로다, 하고 깨달았지만, 그런 건 아무래도 상관없어, 빨리 출발해야지……아침이 되기 전에……모든 게 사라지기 전에…….

소녀는 운동화 끈을 리본으로 묶고 일어섰다.

현관문이 닫히는 동안 안을 들여다보니, 몇 년이나 사람이 살지 않은 곳 같았다.

이야기는 끝났다.

이젠 여기서 살지 않겠지.

소녀는 아빠와 함께 12년 동안 산 205호의 열쇠를 잠갔다.

비는 그쳤지만 지면은 까맣게 젖어 있었고, 고인 빗물이 달

빛을 받아치고 있었다. 소녀는 경직된 목을 쭉 뻗어 밤하늘을 올려다보았다. 하늘에는 보름달에서 조금 부족한 달이 떠 있다. 문득 외로움을 견디기 힘든 소녀가, 달을 보고 손을 뻗었다. 그 손을 감싼 것은 크고 따뜻한 손이었다. 두 사람은 손가락을 깍지 끼고 걷기 시작했다.

소녀는 걸으면서 매일 들르는 '로손'을 들여다보았다. 손님이 하나도 없다. 계산대에는 늘 있는 에토가 아니라, 처음 보는 젊은 남자가 서 있다.

신호를 무시하고 뗏목처럼 하얗게 떠 있는 횡단보도를 건넜다. 차도에 커다랗게 '멈춤'이란 글씨가 써 있다는 걸 소녀는 처음으로 알았다.

에이타이 거리에도 인기척이 없긴 마찬가지였다. <u>쓰르쓰르 쓰르쓰르 쓰르쓰르⋯⋯</u> 쓰르라미의 대합창이 시작되고, 하늘이 엷은 보라, 보라, 파랑의 그러데이션을 이루자 까만 실루엣이던 빌딩과 집들이 점점 자기 색을 찾아갔다.

이쪽은 달 저쪽은 해 어쩐지 이상한 느낌

해와 달은 언제나 같은 하늘에 있단다 빛의 반사로 보이지 않을 뿐이지 한낮에도 잘 보면 파란 하늘에 하얗게 떠 있는 달이 보인단다

이렇게 다리가 많은 줄 몰랐어

이 일대가 매립지라 그렇지 강이라기보단 용수로가 맞겠구나

강 이름이 뭔데?

이름이 있을까?

지도를 보면 분명히 나와 있을 거야

새벽에 몇 개나 되는 다리를 건너 어쩐지 도피하는 것 같구나

도피가 뭔데?

눈이 맞아 도망치는 거

도피……

이 세상과의 이별 밤과도 이별 저승길 떠나는 이 몸은 마치 들판의 이슬처럼 허무하고 한 발자국씩 사라져가는 꿈 꿈이야 말로 가엾어라

그게 뭐야?

소네자키신주曾根崎心中 ■

어슴푸레한 하늘에 수도고속도로가 떠오르고, 셔터를 내린 상점들 간판이 보이기 시작했다……보석가게……마에카와 구두……야채가게……소바 하나무라……라면 타이코쿠야……

■1703년 오사카에 있는 소네자키텐진 숲에서 실제로 일어난 남녀동반자살 사건을 소재로 한 지카마쓰 몬자에몬近松門左衛門의 작품. '신주心中'는 이승에서 못다 이룬 사랑을 저승에서 이루기 위해 남녀가 함께하는 자살, 정사情死를 일컫는다.

불고기집……케이크 네이블……몇 번째로 건너는지 알 수 없는 다리에서 바라보니, 강 저편의 빌딩과 아파트들이 일제히 빛을 걸치고 있고 건물 사이로 해가 얼굴을 내밀었다. 강 수면은 하얗게 빛나고, 은빛으로 반사된 빛이 다리 난간을 달렸다. 아침노을이 등 뒤에서 손을 뻗어, 소녀의 티셔츠를 분홍빛으로 물들였다.

소녀는 빛과 현실에 등을 돌리고, 기바 역 A1 출입구에서 에스컬레이터를 타고 내려갔다.

2번 선 플랫폼에 서서 시간을 확인해보니, 다음 전철은 5:02 나카노행이다.

소음과 함께 플랫폼 밑의 레일을 번쩍이며, 블루와 마린블루 라인이 그려진 차량이 미끄러져 들어왔다.

오오테마치에서 내린 소녀는 JR 도쿄 역이라 써진 화살표를 따라 앞 못 보는 사람들을 인도하는 노란 블록 위를 걸어갔다. JR 개찰구에서 딩동딩동 하는 소리가 울린다. 소녀보다 키가 큰 C62 증기기관차 바퀴 세 개가 나란히 늘어선 대합실 광장을 지나, 여행안내소, JR 홋카이도 플라자를 지나, 개찰구를 빠져나간 다음 '푸른 멜로디'란 작품명의 무릎을 꿇은 여자가 머리카락을 쓸어 올리는 브론즈상 앞을 지나 에스컬레이터를 탔다.

소녀는 도카이도혼센 승강장 계단을 올라가, 7번 선에 서 있는 오렌지색과 진한 녹색 전철로 뛰어 들어갔다.

"7번 선, 문이 닫힙니다, 주의하시기 바랍니다."

소녀가 뒤꿈치를 내리고, 휴우 하고 마음속에 한숨을 불어넣자, 열차가 푸욱―하고 숨을 내쉬고 문을 닫았다. 덜컹덜컹……덜컹덜컹, 덜컹덜컹……열차가 흔들리기 시작했다……자장가에 맞춰 팔을 흔드는 엄마처럼……덜컹덜컹 덜컹덜컹……온몸을 흔들리는 열차에 맡기고……덜컹덜컹덜컹덜컹덜컹덜컹덜컹덜컹덜컹……..

아빠

잘게

도착하면 깨워줘

아빠

소녀는 아빠 어깨에 얼굴을 기대고 눈을 감았다……덜컹덜컹 덜컹덜컹……담배 냄새 나는 티셔츠……힘차고 규칙적인 숨소리……덜컹덜컹 덜컹덜컹……아빠 잠이 들었네……둘 다 자다가 지나치면 어떡하지……덜컹덜컹 덜컹덜컹……그것도 나쁠 거 없지……맞다……덜컹덜컹……아빠……덜컹덜컹덜컹덜컹덜컹덜컹덜컹덜컹덜컹……..

아예 내린다

아빠 목소리가 의식 속으로 스며들어, 소녀는 눈을 떴다.

제일 먼저 눈에 들어온 건 네모난 하늘이었다.

비가 유리창에 물로 된 실을 흩어놓았다.

비가 오네

가랑비다

그거보다 더 가는……이슬비야

초등학교 6학년이 되고 나니 어려운 말을 쓰네

키이익 덜컹덜컹……덜컹덜컹……덜컹덜컹……덜컹덜
컹……열차가 브레이크 소리를 내며 커브를 돌았다.

"이용해주셔서 감사합니다. 다음은 종점인 시즈오카, 시즈
오카입니다. 내리실 문은 왼쪽, 3번 선입니다. 열차를 갈아타
실 승객께 안내 말씀 드립니다. 계속해서 도카이도선 하행열
차를 이용하실 승객께서는 8시 28분발, 보통열차, 하마마츠
행, 승강장은 반대편인 4번입니다……다음은 종점인 시즈오
카입니다. 출구는 왼쪽, 3번 선입니다. 잊으신 물건이 없는지,
다시 한 번 확인하시기 바랍니다. 종점 시즈오카입니다."

키이……덜컹덜컹……덜컹……덜컹……덜컹……키이
익……푸우욱……덜컹……덜컹……퓨슈우우우우…….

"종점 시즈오카입니다. 차내에 잊으신 물건이 없도록 주의
하시기 바랍니다."

소녀는 4번 승강장에 서 있는 하마마츠행을 탔다.

"이제 곧 4번 홈에서 하마마츠행이 출발합니다. 승차하시고 기다리시기 바랍니다. 하마마츠행이 출발합니다. 문이 닫히니 주의하시기 바랍니다." 피이익……풋슈……덜컹……덜컹……덜컹……덜컹덜컹……덜컹덜컹덜컹덜컹덜컹덜컹덜컹덜컹덜컹덜컹……소녀는 맨 앞 차량의 긴 의자에 앉았다. 맞은 편에 앉아, 사탕 같은 걸 입에 넣었는지 한쪽 볼을 움직이고 있는 중년여자와 눈이 맞지 않도록 운전실 벽에 머리를 기대고 눈을 감았다.

"이용해주셔서 감사합니다. 다음은 기쿠카와, 기쿠카와입니다. 내리실 문은 왼쪽입니다. 잊으신 물건이 없도록 주의하시기 바랍니다. 다음은 아베카와입니다."

눈을 가늘게 떠보니, 맞은편 자리에는 아무도 없었다……몇 정거장이나 잔 거지?……창밖으로 뱀처럼 구불구불한 강이 보이지만 물은 없고 모래뿐이다……덜컹덜컹 덜컹덜컹……덜컹덜컹 덜컹덜컹……나무도 풀도 돌도 없어……사람도……덜컹덜컹 덜컹덜컹…………모래도 잠을 자고 있어……강도 잠을 잔다……덜컹덜컹 덜컹덜컹……슬픔도 외로움도……덜컹덜컹 덜컹덜덜……잠을 잔다……덜컹덜컹……아무도 보지 않아……덜컹덜컹……아무도 듣지 않아……덜컹덜컹 덜컹덜컹……삼도천(三途川, 사람이 죽은 지 7일째 되는 날 건너게 되는 강으로, 불가에서는 이 강을 건너면 이승과 하직한다고 여김_옮긴이)이란 이런 곳인지도 몰라……덜컹덜컹 덜컹덜컹……소녀는 다시 눈을 감았다……덜컹덜컹 덜컹덜컹 덜컹덜컹 덜컹덜컹 덜컹덜컹 덜컹덜컹 덜컹덜컹…….

"이용해주셔서서 감사합니다. 다음은 텐류카와, 텐류카와입니다. 내리실 문은 왼쪽입니다. 잊으신 물건이 없도록 주의하시기 바랍니다. 다음은 텐류카와입니다."

아빠 일어났니?

일어났어 그냥 눈을 감고 있는 것뿐이야 다음다음이지

내 천川 자 들어간 이름의 역이 많다 아베카와 기쿠카와 텐류카와

도피라고 말하고 싶은 거지?

하하하하하하

귓속으로 아빠 웃음 소리가 파고들어, 소녀는 웃었다.

웃었지

안 웃었어요

웃는 게 더 예쁘니까 좀 웃어주라

그럼 절대로 안 웃어

키이……덜컹덜컹……덜컹……덜컹……덜컹……키─

익……슈―욱……덜컹, 덜컹……뿌우우우우욱…….

"이용해주셔서 감사합니다. 다음은 종점인 하마마츠, 하마마츠입니다. 내리실 문은 왼쪽 4번 홈입니다……다음은 종점인 하마마츠입니다. 내리실 문은 왼쪽 4번 홈입니다. 잊으신 물건이 없도록 주의하시기 바랍니다. 종점 하마마츠에 도착합니다."

역에서 나오자, 역사 지붕에 앉아 있던 비둘기들이 일직선으로 날아와, 소녀 발밑에 내려앉았다. 비둘기 날갯짓에 귀마개를 빼낸 것처럼 아침 소리가 날아들었다. 역 앞에서 멈추는 택시의 브레이크 소리……차도의 클랙슨……출근을 서두르는 직장여성들의 하이힐 소리……광고지와 티슈를 나눠주는 소리……버스 출발을 알리는 소리……참매미, 기름매미, 쓰르라미 우는 소리……하나하나의 소리가 하나하나 분명하게 들려왔다.

해, 바람, 비, 모든 것이 조심스럽고 조용했지만, 소녀는 이렇게 분명하게 아침을 본 적이 없었다.

하지만 아직 끝나지 않았어.

끝나지 않아.

끝나지 않아.

소녀는 버스터미널에 서 있던 칸잔지온천행을 타고, 표를 두 장 뽑아들고 뒤에서 2번째 줄 2인용 좌석에 앉았다……픽 익……피ㅡ.

"출발합니다."

언제였지

언제였더라

아주 어렸을 때야 아직 아빠가 목말을 태워줬을 때니까

아빠는 아메가 학교에 들어간 다음에도 목말 태워줬는데

그래도 세 살 때쯤이 아니었을까 나이 제한 때문에 거의 아무 것도 못 탔으니까 유일하게 탄 건 관람차였어

생각났다 관람차에서 내려야 되는데 아메가 계속 타겠다고 울 어서 아빠가 미안하지만 나중에 계산하겠다고 하고선 두 번이나 더 돌았었지

기억하고 있네

당연히 기억하지 다섯 살 전의 일들은 본인이 거의 기억하지 못하니까 아빠가 기억하지 않으면 누가 하겠니? 기억하다마다 모두 다 기억하지 아빠의 소중한 추억인걸

갑자기 호수가 나타났다.

소녀는 앨범 속의 낡은 사진을 보듯 호수를 바라보았다.

"다음은 하마나코 유원지, 하마나코 유원지입니다. 하마나 코 유원지나 호수 건너편으로 갈 로프웨이, 하마나코 오르골

272

뮤지엄에 가실 분은 여기서 내리십시오."

소녀가 집게손가락을 뻗어 버튼을 누르자, 딩동 소리와 함께 빨간 불이 켜졌다.

"이번 역 정차합니다. 잊으신 물건 없도록 주의하시기 바랍니다."

소녀는 헤엄치기를 그만두고 풀장 바닥에 발을 딛는 것처럼 자리에서 일어나, 요금상자에 차표 두 장과 요금 280엔을 넣었다.

호수에서 부는 바람이 소녀의 앞머리를 쓸어 올리자, 바로 뒤에서 휘파람 소리가 들렸다. 바람이 불면, 아빠는 언제 어디서나 휘파람을 분다……입술을 뾰족이 내밀고 숨을 불기만 할 뿐, 제대로 된 멜로디를 불어본 적이 없다…….

소녀가 빙글 몸을 돌려 말했다.

왜 그렇게 못 불어?

거 미안하게 됐네요

휘파람도 못 부는 남자는 너무 시시해

시시해도 할 수 없지

콘트라베이스 말고 플루트 같은 거 하면 좋았을걸

플루트 부는 녀석들은 입을 이렇게 이상한 모양으로 부는 데 길들여져서 훨씬 더 못 붑니다요 그렇게 말하는 사람이 한번 불

273

어보시죠

소녀는 휘파람으로 『여름이 왔네』를 불며 로프웨이 승강장을 지나, 몬테존이라 써 있는 문을 빠져나가 완만한 언덕을 올라갔다.

무인 메리고라운드를 지나자, 땡땡땡땡땡 하고 차단기가 내려오고 녹색 전망대열차가 다가왔다. 아빠 무릎에 걸터앉아 있던 어린 여자아이가 손을 흔들길래, 소녀도 손을 흔들어주었다.

차단기가 올라가고, 관람차가 천천히 내려왔다.

소녀는 자동발매기에서 표 두 장을 산 후 계단을 올라갔다.

"안녕하세요. 발밑을 조심하시고. 즐거운 시간 보내시기 바랍니다."

둘은 곤돌라의 빨간 의자에 서로 마주보고 앉았다.

소녀는 아빠 손등의 파랗고 두꺼운 정맥을 바라보다 천천히 고개를 들었다……침을 삼키며 위아래로 움직이는 목젖……뭔가 이야기를 담고 있는 것 같은 입술……그 입술이 움직이길 기다리고 있는 건지, 움직이지 않기를 기도하는 건지, 소녀 자신도 알 수가 없었다.

곤돌라가 꼭대기에 와 있을 때였다.

아메 49일이란 거 아니?

....

사람이 죽어 49일째 되는 날이란 뜻인데, 49일 동안은 이 세상에 머물 수가 있단다

....

오늘이 49일이다

......알고 있어

소녀는 슬픔에 숨을 헐떡이지 않도록 천천히 중얼거리고, 스커트 주머니에서 사용하지 않은 전철표와 버스표를 꺼냈다.

티셔츠 앞뒤 거꾸로네

나도 알아

소녀는 팔을 빼서 티셔츠의 하트 마크가 앞으로 오도록 한 다음, 다시 소매에 팔을 끼웠다.

아빠는 미소를 지으며 소녀의 영혼을 바라보았다. 소녀는 미소 짓는 아빠를 언제까지 바라보고 싶었지만, 내려가는 곤돌라보다 더 천천히 아빠의 눈빛이 소녀의 혼 속으로 들어갔다. 소녀는 시간을 멈출 수도, 시간을 연장시킬 수도 없었다. 곤돌라가 땅에 도착했다. 소녀 앞에는 아무도 앉아 있지 않았다.

문을 연 직원에게 소녀는 아빠 몫의 탑승권을 건네고 그대로 앉아 있었다.

다시 곤돌라가 꼭대기로 올라갔을 때 『꿈 뒤에』가 흘렀다.

핸드폰에는 아빠가 찍은 파란 하늘이 비쳤다.

소녀의 눈앞에서 구름이 갈라지고 파란 하늘이 펼쳐졌다.

호수 위의 하늘은 아빠 사진과 같은 파란 하늘이 됐다.

곤돌라에서 내린 소녀는 어느 쪽 발을 먼저 떼어야 할지 알수가 없었다.

8월의 바람이 소녀의 스커트 자락을 부풀리자, 뭔가가 눈앞을 스쳤다. 마젤란장수제비나비……소녀는 눈으로 나비를 쫓으며 계단을 내려갔다. 나비가 소녀 얼굴 주변을 날다가, 햇살을 떨쳐버리는 듯한 날갯짓으로 진주 빛 환광을 비치며 파란하늘로 사라졌다.

소녀는 파란 하늘을 올려다보았다.

눈에 비친 모든 것들이 그리움으로 반짝이며, 1초 1초가 맥박 치기 시작했다.

소녀는 서 있었다.

여기에 있는 것과 여기에 없는 것 한가운데

아는 것과 모르는 것 한가운데

소녀는 홀로 서 있었다.

Dear You

작품 중의 아버지 사쿠라이 토모하루는 세 사람의 남자를 만남으로써 만들어졌습니다. 이렇게 쓰면 금방 세 남자를 모델로 했군요? 하는 질문을 받을 것 같습니다만, 그런 뜻이 아닙니다.

소설에 대한 설명은 하고 싶지 않습니다.

대신 세 사람을 소개하지요.

첫 번째는 히가시 유타카東由多加입니다.

히가시 유타카에 대해서는 이미 제 작품 『목숨』, 『혼』, 『생

명』, 『목소리』나 『신초新潮45』에 연재 중인 「교환일기」 등에
도 썼지만, 제가 16살, 히가시가 39살 때 배우와 연출자로 만
나, 이후 연인, 친구, 사제……, "저의 ○○입니다." 하고 한 마
디로는 설명할 수 없는 사람입니다. 10년간 함께 생활하다 헤
어지고 다시 만나면서, 누구보다 서로에 대해 잘 아는 유일무
이한 존재가 되었지요.

1999년, 저의 임신과 히가시가 암에 걸렸다는 사실을 거의
동시에 알게 되었습니다.

제가 죽지 말라고 울며 매달릴 때마다 히가시는 "태어날 아
기가 날 보고 '히가시'라고 부를 때까지는 절대로 죽지 않는
다."는 약속을 해주었습니다.

2000년 1월 17일 아기가 태어나고, 겨우 3개월 후인 4월
20일에 히가시 유타카가 세상을 떠났습니다.

저는 한 번만이라도 다시 히가시와 이야기를 하고 싶어 영
혼과 대화할 수 있다는 무속인들을 찾아다니기 시작했습니다.
이야기를 나누었다는 확신을 가진 적은 없었고, 사람에 따라
이야기도 달랐지만 어디를 가도 "히가시 씨는 늘 당신과 아들
곁에 있다. 당신 아들은 영적 능력을 가지고 태어났기 때문에,
히가시 씨의 존재를 감지하고 있다."는 이야기를 들었습니다.

실제로도 신기한 일들이 일어났습니다. 예를 들면, 히가시

가 세상을 떠나고 다섯 번째 맞는 생일 저녁—아들이 잠을 자기 전에 히가시 영정 앞에서 "해피 버스데이 투 유" 하고 노래를 부르자, 현관과 부엌 뒷문, 마당 세 곳에 설치해둔(사람의 체온을 감지하면 깜빡거리게 되어 있는) 세콤 센서라이트가 시계 반대 방향으로 켜졌다가는 꺼지고, 꺼졌다가는 켜졌습니다. 무서운 마음에 온 집안에 전기를 켜고, 베란다로 나갔습니다. 그러자, 그것이 천천히 내 눈앞에서 불빛 아래로 걸어가는 것 같은 속도로 깜빡거렸습니다.

저는 히가시 유타카가 이곳에 없음을 한탄하면서도 "절대로 죽지 않는다."고 한 히가시의 말을 지금도 믿고 있습니다.

두 번째는 아이디로 소개하겠습니다.

2002년 11월 4일에 자살한 La Valse 씨입니다.

La Valse 씨는 제 소설의 독자였습니다.

히가시 유타카가 주재하던 '도쿄 키드 브라더즈'의 야마구치현 하기시 공연 때 신세를 졌던 분인데, La Valse 씨 남동생인 HAKKA 씨가 출연한 것을 인연으로, HAKKA 씨가 '도쿄 키드 브라더즈' 제작을 담당하던 키무라 야스코 씨를 통해 제게 편지를 보냈습니다.

"형을 애도하는 조문을 써주실 수 있으신지요."

저는 답장을 썼습니다.

"저는 당신 형님에 대해 아무것도 모릅니다. 조문을 써드리는 건 간단한 일일 수도 있지만, 아무것도 모르는 사람이 조문을 쓰는 건 돌아가신 분에 대한 실례가 아닐까요? 형님은 돌아가셨으니 서로에 대해 알 수는 없지만, 제가 형님에 대해 알 수는 있겠지요."

저는 하기시에 있는 그의 묘를 찾은 후, La Valse 씨가 생전에 사용하던 방에서 HAKKA 씨와 어머니께 La Valse 씨에 대한 이야기를 들었습니다.

La Valse 씨는 콘트라베이스 연주자였습니다.

La Valse 씨는 관람차를 좋아하셨습니다.

만약에 이 이야기를 읽고, La Valse 씨에 대해 더 알고 싶으시면, 제 홈페이지인 'La Valse de Miri'의 'Jeux D'Eau—물의 유희'란 창을 노크해주시기 바랍니다.

그가 남긴 홈페이지 '라 발즈 씨 집'을 방문하실 수 있습니다.

세 번째는 무라카미 토모하루村上朝晴 씨, '라 발즈 씨 집' 방문자였습니다.

그는 La Valse 씨가 살아 있을 때부터 時雨(시구레, 늦가을부터 초겨울에 걸쳐 오다 말다 하는 비_옮긴이)란 고풍스런 아이디로 자주 글을 남겼는데, 내용이 늘 냉철하고 이지적이어서 연배의 남자 분이라 생각했습니다.

2003년 9월 18일에, 저는 La Valse 씨가 남긴 홈페이지에 글을 남기기 시작했습니다.

그러는 사이 時雨 씨와 게시판에서 글을 주고 받게 되었고, 그가 실은 고베에 사는 19살 청년이란 걸 알고는 무척이나 놀랐습니다.

그리고 그의 홈페이지 '수시소감隨時所感'을 읽고, '향명響鳴'이란 페이지에 실린 일회용 카메라로 찍었다는 네 장의 사진(근영近影, 비둘기의 난무, 빙글빙글빙글, 근처 빌딩)을 보고, 크게 마음의 동요가 일었습니다.

저는 그에게 '직접대화'란 제목으로 메일을 보내, 우선 이름을 물어보았습니다.

무라카미 토모하루.

며칠 동안 비가 계속되다가, 태어난 날 아침에 개었기 때문에 아버지가 붙인 이름이라고 했습니다.

저는 그에게 작중 인물 이름으로 사용할 수 있게 해달라고 부탁했습니다.

사쿠라이 토모하루.

이 소설에 나오는 아버지의 이름입니다.

그리고 그의 時雨란 아이디에서 주인공 소녀의 이름이 떠올랐습니다.

사쿠라이 아메.

히가시 유타카와 만나지 않았더라면, La Valse 씨와 못 만났을 터이고, 히가시 유타카와 La Valse 씨란 두 사람의 죽음이 없었다면, 무라카미 토모하루 씨와의 만남도 없었을 것입니다. 그리고 이 세 사람과의 만남이 없었다면, 이 이야기는 태어나지 않았겠지요.

소설에 '후기' 같은 것을 쓰는 건 불필요하다 생각해 실은 한 번도 써본 적이 없지만, 오직 히가시 유타카, La Valse 씨, 무라카미 토모하루 씨란 세 사람을 소개하고 싶은 마음에 쓰기로 했습니다.

본명과 아이디와 사진을 제공해주신 무라카미 토모하루 씨에게 감사드립니다. 소설이 써지지 않을 때는 늘 무라카미 씨가 찍은 새와 고양이, 나방, 자전거와 지붕, 창과 돌, 강, 비, 그림자 등의 사진을 보면서 다음 구절들을 떠올렸습니다. 앞으로도 말로 할 수 없는 감정을 환기시키는 사진들을 찍어주세요.

오늘은 아침부터 비가 옵니다.

자판을 누르고 있는 내내 반주처럼 비가 지붕을 두드리더니, 전원을 끈 순간 비가 그쳤습니다.

말할 것도 없이, 저는 비를 몰고 다니는 여자입니다.

비와 꿈 속에서……당신과 만날 수 있으면 좋겠습니다.

2005. 3. 23
From Yu Miri

역자 후기

　유미리 씨를 처음 만난 것은 1995년 가을 일본 시마네현에
서 열린 한일문학심포지엄에서였습니다. 일본 측 대표로 참가
한 유미리 씨는 30여 명이 모인 양국 문인 중에서 가장 젊었지
만, 배우와 연출가에서 극작가로, 그리고 다시 소설가로 변신
한 화제의 작가였습니다.

　양 갈래로 땋아 내린 머리와 긴 원피스 차림이 가냘프고 앳
돼 보여 심포지엄에서 어떤 이야기를 할까 궁금했습니다. 낮
은 목소리로 또박또박 이야기를 풀어가는 모습에 '그래, 연극

을 했었지.' 하고 혼자 납득하기도 했습니다.

심포지엄에서 '어릴 적 부모님은 싸울 때가 아니면, 뭔가 은밀한 이야기를 나눌 때만 한국어를 썼기 때문에 이 말이 내게는 어쩐지 불길한 느낌으로 다가온다.'고 한 유미리 씨의 발언은 한국 참가자들에게도 무척 인상적이었으리라 생각합니다. 사석에서 어떤 한국 작가가 한국어를 배울 생각이 있느냐고 묻자, 유미리 씨는 그럴 생각이 없다고 했습니다. 우리말을 모르는 것이 어쩌면 그녀가 작품을 써가는 하나의 큰 힘이 되지 않을까 내심 생각하고 있었기 때문에, 같은 자리에 있던 복거일 작가가 그건 옳은 생각이라고 하서서 반가웠던 기억이 있습니다. 밤새도록 이야기가 끊이지 않던 온천여관에서 둘이 살짝 빠져나와 노천온천을 즐기며 나누었던 이야기들도 새록새록 떠오릅니다.

그리고 2년 후, 아쿠타가와 상 수상을 계기로 서울에 왔을 때가 두 번째였습니다. 서점에는 사인을 받으려는 사람들이 길게 늘어서 있었고, 강연장에는 서점과 달리 많은 연배의 분들이 자리를 차지하고 있었습니다. 질문 시간에 그 중 한 분이 일어나, 한국인이 훌륭한 상을 받아 기쁘며 민족의 긍지를 가지고 어린 시절에 겪었던 차별을 작품에 그려달라고 열심히 말씀하셨습니다. 유미리 씨는 그럴 생각이 없음을 분명히 전

했고요. 뜻밖의(?) 대답에 놀란 사람들도 많았지만, 그곳에 유미리 씨 작품을 읽지 않은 분들이 많다는 사실에 저는 놀랐습니다. 유미리 씨도 마찬가지가 아니었을까 싶어요.

『골드러시』와 『물가의 요람』 등 화제작을 발표해오던 유미리 씨는 아들의 출산과 반려의 죽음을 겪으면서 『생명』 4부작과 『8월의 저편』을 집필하게 됩니다. 가족사를 거슬러 올라간 작품 『8월의 저편』은 한일 양국에서 동시에 연재되었으며, 유미리 문학의 새로운 시도와 전환기라 일컬어지기도 했습니다. 자료 등의 번역과 교정에 참가하며, 그야말로 살을 깎는 창작 과정을 가까이에서 지켜보는 것은 내게 새롭고도 숨이 찬 경험이었습니다.

『비와 꿈 뒤에』는 그 험준한 고개를 넘은 직후의 작품입니다. 30여 권이나 되는 유미리 씨 작품 중에서 가장 아름답고 슬프며, 한편으로는 꿈결처럼 포근한 작품입니다. 오랜 인연 후에 처음 번역한 유미리 씨의 작품이 비처럼 투명한 작품이어서 역자로서는 행운이었습니다.

세련된 기법이나 완성된 스타일에 안주하지 않고, 새로운 변신과 도전으로 늘 '신인'처럼 글쓰기를 원하는 작가. 아무런 무기나 방패도 없이 홀로 성큼성큼 나가는 모습은 때로 불안하고 안쓰럽기조차 합니다. 하지만 그런 작가정신이 이제는 아시아뿐 아니라 유럽과 미국 등에서도 주목받는, 일본을 대표하는 작가로 키워온 것이겠지요. 쓰고 싶은 이야기가 너무 많아 죽을 때까지 다 쓸 수 있을지 모르겠다고 하는 유미리 씨, 다음에는 어떤 작품과 만나게 될지 기다려집니다.

　2007년. 태풍이 북상 중인 초가을에
　김훈아